CARLOTTO
IL FRANCESE

Per Marzia non ti
scordare mai di leggere
Fa stare bene
Questo è proprio un
bel libro
   Ti voglio bene - issimo
Tanti Auguri
mi manchi
    momma

MONDADORI

© 2022 Mondadori Libri S.p.A., Milano
Pubblicato in accordo con United Stories Agency - Roma

I edizione Il Giallo Mondadori gennaio 2022

ISBN 978-88-04-74661-4

mondadori.it

IL FRANCESE

a Stefano "Steve" Di Marino

UNO

«L'ha rifatto» sbuffò irritata Valérie.

Il Francese sospirò, aumentando la velocità del tergicristalli. Pioveva da almeno tre giorni e la temperatura era scesa di dieci gradi. Prima di ribattere pensò che la primavera non prometteva niente di buono. «Sto accompagnando Claire da un cliente. Non riuscirò ad arrivare prima di un'ora.»

«Non lo voglio più vedere, la prossima volta manda un'altra.»

«Lo sai che vuole solo te, *ma chérie*.»

Valérie riattaccò. Lui sbirciò la ragazza seduta al suo fianco, intenta a fumare una sigaretta elettronica che riempiva l'abitacolo di vapore aromatizzato all'albicocca e a guardare fuori dal finestrino. Da qualche tempo era particolarmente imbronciata e taciturna. Tre settimane, per l'esattezza. Non era mai stata una chiacchierona, ma di solito non perdeva occasione per lanciare qualche frecciatina alla collega. Non si erano mai piaciute. E lui evitava di farle lavorare assieme. Un'eventualità remota, data la differenza di età. Valérie aveva compiuto da poco trentaquattro anni, mentre Claire sfiorava i ventitré. Inoltre, la prima ricalcava l'immagine della moglie borghese elegante e annoiata, trascurata dal marito, mentre l'altra impersonava la studentessa fuori corso che aveva perso tempo prezioso lavorando come modella all'estero e tuttavia aveva conservato l'atteggiamento algido e altero tipico dell'ambiente. Era brava a incantare i clienti raccontando di sfilate in compagnia di modelle da rotocalchi e aperitivi con attori e calciatori.

«Non potrò aspettarti» le spiegò. «Quando hai finito, chiama un taxi.»

Lei annuì. «Pensi di riuscire ad accompagnarmi, stasera?»

«Certo, ma cerca di restare per la notte. A loro piace e noi guadagniamo il doppio.»

Claire scosse la testa. «Preferirei dormire nel mio letto» ribatté accentuando il broncio. «Lei è appiccicosa. La mattina si sveglia sempre vogliosetta.»

«E chi non lo sarebbe con una bellezza come te?» commentò il Francese, galante come sempre, pensando però che Claire non si era mai lamentata prima della coppia di mezza età che da un paio di anni la pagava una o due volte al mese per una tranquilla serata di sesso tra buon vino e musica classica. Professionisti benestanti, colti e gradevoli.

Lui non insistette. Non era sua abitudine. E poi, la prospettiva di portare a casa settecentocinquanta euro tondi tondi l'avrebbe senz'altro aiutata a riconsiderare la faccenda.

La stessa cifra sarebbe entrata nelle sue tasche. Il Francese non era esoso. Dalle donne della sua *maison*

pretendeva solo la metà. Mica come gli altri miserabi-
li che lavoravano nel settore e succhiavano fino al settanta, ottanta per cento. Chiamarli magnaccia, papponi, lenoni, ruffiani era il minimo.

Lui era diverso: era un macrò. O almeno, questa era
l'immagine che si era faticosamente costruito, ma non
era certo che i frequentatori della sua *maison*, anche i
più assidui, avessero colto la differenza.

Stava accompagnando la sua protetta in un hotel vicino all'autostrada, dove l'attendeva un imprenditore
aretino che approfittava dei suoi viaggi di lavoro per
godersi un'oretta di relax con una bella figliola. La moglie gelosa lo teneva d'occhio e come tanti ormai doveva
organizzare le sue scappatelle nella fascia oraria della
pausa pranzo. Chiedeva sempre di Claire. Al Francese
aveva confidato che gli piaceva perché non era volgare, non sembrava una professionista.

Per il macrò questo era un complimento, ed era solo
merito suo: l'aveva notata in una discoteca mentre cercava di mettersi in mostra con un paio di quarantenni.
Aveva capito subito che la ragazza cercava di vendersi
senza nessuna esperienza e con scarsa convinzione. Le
aveva offerto da bere con la promessa di pagarla solo
per chiacchierare.

Lei si era preoccupata: «Sei un prete, un assistente
sociale?».

«No, voglio solo conoscerti» aveva risposto lui, allungandole discretamente due banconote da cinquanta euro.

Il Francese voleva capire perché fosse disposta a prostituirsi. Dopo diversi altri caffè, aperitivi e cene si era con-

vinto che quella bella ragazza non possedesse altro che il suo corpo per trovare un posto nel mondo. Gli studi e alcuni tentativi di trovare lavoro si erano rivelati un disastro. La madre, donna pratica e di buon senso, le aveva dato il consiglio giusto: «Sposati. E poi tienitelo stretto». Ma la figlia era una romantica con fantasie da rotocalco. E voleva farsi portare all'altare da quello giusto.

Il macrò aveva avuto buon gioco quando le aveva proposto di lavorare nella sua *maison*. «Ti costruisci un personaggio, ti dedichi alla professione fino ai trentacinque anni e ti ritiri giovane e con un sacco di soldi da parte.»

Lei aveva accettato dopo una riflessione durata il tempo di uno Spritz.

Il Francese infilò l'entrata del parcheggio e si fermò in una zona non coperta da telecamere. Il portiere era d'accordo perché intascava la sua quota mensile, ma il nuovo direttore, inviato dalla sede centrale per risollevare le sorti della struttura, non voleva saperne di puttane che entravano e uscivano dalle camere e aspettavano nella hall.

«Ci sentiamo nel pomeriggio» disse il macrò, sfiorandole una spalla.

Lei abbozzò un sorriso, afferrò l'ombrello e scese dall'auto. Il Francese non perse tempo e ripartì per portare soccorso a Valérie, ripromettendosi di approfondire le ragioni del malumore di Claire. Bisognava vigilare: guai e seccature erano sempre dietro l'angolo.

Il casello dell'autostrada distava qualche centinaio di metri. Il tempo di immettersi nella corsia che lo avrebbe portato a Vicenza e ricevette una telefonata da un nuovo cliente. Con una marcata cadenza piemontese spiegò di avere avuto il suo numero da una tale Barbara, che lavorava all'accoglienza di un hotel a Mestre. Il Francese si rilassò. Poteva fidarsi: la donna percepiva una commissione per ogni marchetta che procurava. Ed era sempre ben meritata perché Barbara aveva la testa sulle spalle, una famiglia e figli all'università. Era brava a selezionare gli uomini e sapeva che il Francese teneva alla sicurezza delle sue ragazze.

«Ha in mente qualcosa di particolare?» chiese il macrò.

Seguì un silenzio prolungato. Il tizio aveva un desiderio ma non trovava il coraggio di esprimerlo. In quei casi bisognava assecondare il cliente con pazienza. Più pesante era il suo segreto, più soldi valeva.

«Vorrei una quarantenne, un po' in carne» si decise a dire. «Ma non troppo. La voglio morbida, mi capisce?»

«Ho capito, non le piacciono le magre. Nemmeno a me, sa?» commentò il Francese puntando sull'empatia. «Oggigiorno, tra diete e palestre, le curve che ci piacciono tanto sono sempre più difficili da trovare. Per fortuna si è rivolto alla persona giusta.»

Il cliente si zittì per la seconda volta. Evidentemente la richiesta era più articolata. Alla fine si decise a spiegare che voleva portarla in un club per scambisti e guardarla fare sesso con altri uomini. Solo dopo sarebbero andati in camera sua.

«Si può fare» lo tranquillizzò il Francese. «Ma si tratta di un servizio costoso e ci sono delle regole da rispettare: non più di due rapporti. Lei può proporre i candidati, però è la ragazza a decidere.»

«D'accordo. Quanto?»

«Dipende da quale sceglie» prese tempo il macrò, che intendeva spennare il pollo. Le fantasie si pagano. «Ne ho un paio che fanno al caso suo, le invio le foto.»

Si fermò alla prima area utile e le spedì, scommettendo con se stesso che avrebbe voluto Justine, la classica casalinga vogliosa in stile commedia sexy all'italiana degli anni Settanta. L'aveva modellata sull'attrice simbolo del periodo e la proposta continuava ad avere un mercato di tutto rispetto.

Fece appena in tempo a ripartire che il cellulare squillò. Aveva indovinato.

«Purtroppo è la scelta più costosa» mentì il Francese. «Duemilacinquecento euro, e prima la invita a cena in un buon ristorante.»

«Ma tu sei scemo! Pensi che sia un coglione qualsiasi, che si fa fregare dal primo pappone che passa?» lo aggredì l'altro. «Raccatto la prima bagassa che batte fuori dall'hotel e con tre, quattrocento euro me la cavo.»

Il macrò non si scompose. «Lei ha ragione. Quel tipo di servizio è indubbiamente meno caro, ma come ben immagina anche le prestazioni sono di altro livello. Le auguro di divertirsi.»

Chiuse la telefonata senza salutare. Il tizio doveva essere alla sua prima esperienza: ignorava che non gli avrebbero mai permesso di mettere piede in un club accompagnato da una professionista di strada. Le coppie dovevano sembrare reali. Aveva alzato la voce perché era convinto che recitare la parte del duro lo avvantaggiasse nella trattativa, ma in quell'ambiente era sempre una pessima idea, perché chi si occupa dell'offerta non può che essere un bastardo pericoloso.

Agli inizi della carriera, quando lavorava a Milano per una banda che controllava una ventina di puttane al Lorenteggio, il compito del Francese era stato quello di mettere a posto i fessi che non rispettavano le regole o si comportavano male. In auto teneva una borsa con tutto l'occorrente per una partita a tennis, anche se non aveva la minima idea di come si giocasse. Lui usava la racchetta per picchiare: si era rivelata un'arma efficace e non creava problemi in caso di controlli da parte degli sbirri. Menava dritti e rovesci su teste e schiene anche dei *travesta* e delle indipendenti che osavano invadere i marciapiedi. E in quei casi era spietato. Mirava dritto alla faccia, perché nasi rotti e cicatrici abbassano di brutto le quotazioni sul mercato. Le donne che proteggeva erano soprattutto albanesi, vendute dalla mafia che le aveva rapite nel loro Paese e piazzate sul mercato dopo averle addomesticate. Erano così abbruttite dalle violenze subite che non creavano quasi mai grane. Il problema era che duravano poco: si lasciavano andare, soprattutto con alcol e droga, spesso fino ad annullarsi.

Lui era uno dei pochissimi italiani che aveva lavorato con gli albanesi. Era stato adottato da un boss della vecchia guardia, Taulant Kasapi, con cui non aveva mai interrotto i contatti. Quel tipo di tratta era finita sotto i colpi delle inchieste e della grande recessione economica del 2007, che aveva spinto alla prostituzione una massa di volontarie, spesso giovani madri, provenienti da ogni dove. E così aveva abbandonato il giro dei marciapiedi a favore di quello degli appartamenti, con una battona per stanza e un viavai continuo di clienti. Gli incassi erano più alti ma la logistica difficoltosa per via dei continui traslochi.

A quel punto si era reso conto di avere sufficiente esperienza per mettersi in proprio e di essere sempre meno disposto a lasciarsi comandare da finti boss che rispondevano direttamente al mafioso di turno. Dopo un viaggio di tre mesi in giro per l'Europa era tornato con un'idea precisa: abbandonare strade e scannatoi. Modificando la formula della finta agenzia di escort si era inventato la *maison*, che contava ormai dodici belle donne, dodici personaggi creati e costruiti con cura. Si presentavano con nomi d'Oltralpe ma erano tutte venete, eccetto una di origine abruzzese.

Nemmeno lui era veramente francese. Si chiamava Toni Zanchetta ed era nato in una cittadina della provincia veneta. Era stato abile nel proporre una formula inedita, destinata a una fascia di clientela medio-alta. Oltre non poteva ambire, il bluff non avrebbe retto, mentre invece poteva funzionare in un ambiente di provincia, dove i pruriti e i quattrini non mancavano. Le sue protette si prostituivano nelle case e negli hotel ed erano trattate meglio delle colleghe, o almeno ne erano convinte. E poi Toni non era violento, nel senso che quella era sempre l'ultima opzione a cui ricorreva: preferiva cercare soluzioni pacifiche ai problemi ed era comunque attento alle esigenze delle ragazze. In particolare quelle economiche. Pretendere "solo" la metà le faceva sentire più socie di un'impresa che biecamente sfruttate.

Il problema, con il Francese, era affrancarsi. Dirgli addio costava duecentomila euro. Il giusto rimborso per il tempo e il denaro che aveva investito nella "creazione" e nella "gestione".

Da quando aveva avviato la *maison* solo Pauline se n'era andata saldando il conto. I soldi li aveva cacciati il tizio che se l'era sposata, un imprenditore calzaturiero della riviera del Brenta. E aveva fatto un affare, perché la ragazza, adorabile e sveglia, conosceva i suoi desideri più intimi e lo avrebbe reso felice.

Désirée, invece, se l'era svignata. Il Francese le aveva dato la caccia per un paio di mesi e poi era tornato da solo. Della ragazza non si era più saputo nulla, le altre si erano convinte che le fosse accaduto qualcosa di brutto e lui si era ben guardato dall'entrare nei dettagli.

Comunque, essere protette da Toni era conveniente, non solo per il guadagno ma anche per la libertà di cui godevano. Il Francese le spingeva a una vita autonoma, ricca anche di relazioni, dove la professione non fosse evidente agli occhi degli estranei: la cura con cui modellava le *mademoiselle* includeva la creazione di coperture e giustificazioni plausibili. Lavorare con lui era ambito nel giro e tante lo avvicinavano per essere assunte, ma la sua regola era di non entrare in conflitto con altri protettori.

Là fuori, d'altronde, c'era solo l'imbarazzo della scelta: la crisi economica e il disgregamento del tessuto sociale avevano spinto tante donne a monetizzare il proprio corpo. O almeno questo era ciò che si leggeva sui giornali. Il Francese, tuttavia, pescava soprattutto nel mare della fine dei sogni delle giovani generazioni, dove erano naufragate tante donne oppresse da matrimoni sbagliati e prive del denaro necessario per liberarsene. La sua abilità consisteva nell'avvicinarle, nel recitare la parte dell'uomo che finalmente le capiva e nell'offrire una via d'uscita. La libertà dopotutto ha un prezzo. Sempre e comunque.

Il cellulare squillò ancora una volta: era il tizio che lo aveva insultato. Zanchetta era certo che avesse cambiato idea. Barbara aveva occhio per gli uomini danarosi e lui sapeva per esperienza che avere a portata di mano la possibilità di realizzare un sogno proibito annullava ogni resistenza.

«Mi scuso per prima» bofonchiò l'uomo. «Ma non sono abituato a spendere così.»

«Se sei a caccia di sconti non farmi perdere tempo» tagliò corto il Francese, passando al tu.

«No, va bene. Solo... mi chiedevo se la cena è necessaria. Mica per i soldi, magari è imbarazzante.»

«Justine è dolce e simpatica, ti troverai bene» ribatté il macrò. «E poi conoscendoti entrerà meglio nella parte.»

«Va bene» si arrese l'altro.

Si accordarono sull'appuntamento e il Francese avvertì la prescelta, che non fece una piega di fronte alle fantasie del cliente. Da vera professionista si limitò a chiedere quanto avrebbe guadagnato.

Toni imboccò l'uscita e dopo una decina di minuti raggiunse un piccolo motel in stile americano. Auto parcheggiata di fronte alla stanza, la reception lontana e discreta. Valérie aprì la porta un attimo prima che bussasse.

«Non ha mai smesso di frignare» annunciò, esasperata.

Il Francese entrò e si avvicinò a un uomo seduto per terra con la schiena appoggiata a un termosifone. Era sovrappeso, il viso paffuto era circondato da una corta barba grigia e indossava un candido vestito da sposa con tanto di velo. Singhiozzava piano e mugugnava parole apparentemente prive di senso. Il braccio destro era incatenato al calorifero.

Il Francese si inginocchiò e toccò il lucchetto. «Dov'è la chiave?»

Il cliente scosse la testa. «Non lo so, forse l'ho buttata» rispose in dialetto.

«Eravamo d'accordo che non avrebbe più fatto i capricci» ricordò il macrò in tono pacato. «È la terza volta che crea questa situazione spiacevole, e così diventa complicato soddisfarla come cliente e proteggere la sua privacy.»

«Scusa, Toni, ma sono disperato. E tanto, tanto solo.»

Il Francese gli strinse la spalla. «Deve farsi coraggio, dottore» lo esortò, ma sotto sotto aveva già deciso che quella sarebbe stata l'ultima volta in cui quel *mona* avrebbe goduto dei servigi della *maison*. Fino a quel momento il Francese aveva pazientato, ritenendo che si trattasse di momenti di sconforto passeggeri, ma ora era evidente la propensione all'autolesionismo.

Il problema era che, anche se fuori di testa, il tizio andava protetto. Gli doveva un sacco di soldi. Non solo a lui, a dire la verità. Direttore di una filiale di paese di una banca della zona, obbedendo alle direttive del consiglio di amministrazione, aveva rifilato azioni a prezzo gonfiato a risparmiatori che si fidavano ciecamente della sua parola. La truffa a un certo punto era venuta a galla e decine di migliaia di piccoli azionisti avevano scoperto che il denaro accantonato per la vecchiaia o per comprare la casa ai figli non esisteva più. I grandi, invece, si erano salvati all'ultimo momento riuscendo a rivendere la carta straccia allo stesso istituto di credito. Mica fessi, i *paroni*.

Al processo gli imputati erano stati condannati a pene simboliche – in Italia i reati finanziari sono considerati poco più che marachelle –, ma ad annientare l'uomo vestito da sposa era stata l'ostilità e il disprezzo della gente. Non gli perdonavano il tradimento. Era stato costretto a trasferirsi in un'altra provincia con moglie e figli, e come da copione la famiglia si era frantumata e lui era rimasto solo.

Giocare alla sposa gli piaceva fin dai tempi opulenti e spensierati in cui la sua banca era ancora una colonna portante dell'economia locale. Il Francese lo aveva conosciuto nel suo ruolo di fornitore di donne a pagamento, ma il direttore non aveva resistito alla tentazione di rifilargli la fregatura. Il macrò però non era così sprovveduto e aveva saggiamente documentato i momenti di passione in cui il direttore si faceva sodomizzare con un fallo di gomma da Valérie. Ora si stava facendo restituire a rate la cifra investita, arrotondata a settantamila euro per via degli interessi. E avrebbe continuato a stare addosso al *mona* fino a quando il debito non fosse stato saldato dal primo all'ultimo centesimo. Solo che Valérie non sarebbe più stata della partita.

«Sicuro di non ricordare dove ha messo la chiave?» chiese Zanchetta.

Il bancario nemmeno rispose e continuò a lamentarsi del destino e della crudeltà degli esseri umani.

Il Francese tornò alla macchina a recuperare una cassetta degli attrezzi che teneva nel bagagliaio. Si era rivelata utile in più di un'occasione per aprire porte che non dovevano rimanere chiuse. Qualche minuto più tardi il direttore era libero.

«Deve farsi aiutare» disse Toni. «Se continua così finirà in prima pagina.»

«Sei preoccupato per i tuoi soldi?»

«Sì» rispose sinceramente il Francese. «E vista la situazione tra due mesi voglio il saldo, tanto lo sappiamo tutti che ha fatto in tempo a nascondere il malloppo sotto al materasso.» Poi si rivolse alla donna: «Torna pure a casa. Fino a domani non hai altri impegni».

«Ho pagato per tutto il pomeriggio» puntualizzò stizzito il direttore. «Voglio che mi faccia compagnia fino all'ultimo minuto.»

«Non se ne parla.»

«E perché?»

«Perché hai rotto il cazzo» rispose duro il Francese. «E se insisti ti faccio male.»

Il direttore impallidì e corse in bagno a cambiarsi.

«Lo vedi!» sbottò Valérie. «È peggio di un bambino.» Recuperò la borsa, ci ficcò dentro lo strap-on e si avviò verso la porta.

«Tranquilla, *chérie*, lo abbiamo appena cancellato dalla lista clienti.»

Lei alzò le spalle. «Era ora.»

Un'ora più tardi il Francese, tornato a Padova, incontrò Chantal in un bar del centro. Fisico da modella, capelli corti biondo cenere, castigato tailleur nero e tacco dodici: sembrava una manager in carriera, invece era una casalinga separata con bimba di otto anni a carico, che di fronte alla prospettiva di una vita dura, complicata e piena di incognite aveva scelto di entrare nella scuderia di Zanchetta. Al momento era "sospesa" perché aveva fatto la furba. Toni aveva scoperto che vendeva coca ai clienti. L'attività parallela era andata avanti fino a quando un professionista piuttosto in vista non era venuto a lamentarsi con lui. E aveva ragione: puttane e droga non vanno d'accordo, alla fine arrivano gli sbirri e le inchieste non salvaguardano la privacy.

Ora Chantal aveva bisogno di tornare a lavorare. Non si era messa a cercare alternative, sapeva bene a cosa sarebbe andata incontro finendo al servizio di altri protettori. Il Francese però era ancora incazzato, e non sarebbe stato facile convincerlo.

«Non guadagno da un mese e mezzo, non posso permettermelo» disse lei stringendo nervosa tra le mani la tazzina del caffè. Non aveva tentato di giustificarsi o scusarsi, sapendo che Zanchetta non gradiva i piagnistei.

«Chi è il pusher che ti passava la roba?»

«Non ha importanza, è uno che ho conosciuto frequentando un bar.»

«Preferirei saperlo.»

«Ti ho giurato sulla mia bambina che mi comporterò bene.»

«Non significa nulla. Mi hai tradito e qualcosa non

torna: non riesco a capire a cosa ti servivano i soldi che tiravi su con lo spaccio.»

«Il mio ex» ammise lei.

Toni conosceva la storia: Chantal aveva mollato il marito perché era una zecca che si sputtanava stipendio e risparmi sui tavoli di mezzo Veneto.

«In realtà non ha mai smesso di succhiarmi soldi» continuò la sua protetta. «Se non sgancio, dice che racconta che mi prostituisco alla bambina, ai nonni e ai servizi sociali.»

«E perché non me ne hai parlato? Lo sai che tocca a me risolvere certi problemi.»

Talvolta gli uomini abbandonati non si dimostravano ragionevoli. Il marito violento di Valérie, per esempio, l'aveva picchiata e segregata in casa per impedirle di andarsene. Toni si era presentato con la sua racchetta e lo aveva convinto a farsi da parte. La violenza era l'unico strumento utile a convincerli a farsi da parte quando non riuscivano a capire che l'uomo più importante della vita delle loro ex, compagne o mogli, era diventato lui: Toni Zanchetta, il macrò.

«Cosa potresti fare? Quello è un bastardo senza cuore.»

«Dimmi dove lo trovo e ci penso io.»

Chantal lo fissò, indecisa. «Non gli farai del male, vero?»

«No, se non sarà necessario. Ma se non ti liberi del tuo ex con me non puoi lavorare.»

In quel momento vennero interrotti dal cellulare di Zanchetta, che iniziò a squillare. Era Marcello, il portiere dell'hotel dove aveva portato Claire. «Il cliente di

Arezzo è incazzato nero. Potevi avvertirmi che la ragazza non sarebbe venuta.»

«L'ho accompagnata personalmente. L'ho lasciata nel parcheggio, a cinquanta metri dall'entrata.»

«Io qui non l'ho vista.»

«Ora la chiamo e vedo di capire cos'è successo.»

L'utente risultava "non raggiungibile". Toni era sorpreso: non poteva credere che la ragazza avesse cambiato idea all'ultimo momento. Liquidò Chantal e i suoi problemi con l'ex consorte ludopatico promettendole che se ne sarebbe occupato e andò a casa di Claire.

Gli aprì Maura, la ragazza con cui divideva l'appartamento. Di cognome faceva Mazzoleni. Erano coetanee, ma lei studiava all'università sul serio, mentre Claire fingeva solo di frequentare la facoltà di Psicologia. Venivano anche dallo stesso paese della provincia, si conoscevano fin da bambine. Non era l'amicizia a legarle, però, quanto piuttosto un patto di complicità: l'affitto e le bollette erano a carico di Claire, e Maura in cambio offriva un'ottima copertura. In città gli studenti fuori sede erano la norma, ma anche se le *mademoiselle* non si prostituivano in casa, il Francese non voleva che fossero identificate come tali.

«C'è Serena?» chiese, usando il vero nome della sua protetta.

«Non è ancora tornata.»

Toni sbirciò l'orologio, poi indicò l'interno della casa. «Devo dare un'occhiata alla sua stanza.»

La ragazza, sapendo bene con chi aveva a che fare, si spostò per lasciarlo passare.

Claire aveva buon gusto: mentre l'appartamento era

quasi interamente ammobiliato con pezzi provenienti da un grande magazzino, la sua camera era un trionfo di design. Alle pareti erano appesi quadri acquistati in alcune gallerie e un paio di acquerelli dipinti da un suo affezionato cliente che aveva un certo nome e una quotazione tra i mercanti d'arte.

Zanchetta iniziò a perquisire la stanza, non badando a rimettere in ordine. Se Claire aveva deciso di dirgli addio senza pagare il dovuto non aveva certo potuto portarsi dietro il guardaroba, dato che l'aveva accompagnata lui all'hotel in cui poi non aveva mai messo piede. Il fatto strano era che non mancava nulla, neppure i gioielli, e tantomeno i lingottini d'oro da dieci grammi nascosti in un'anonima scatola di cartone che lui regalava alle sue ragazze a Natale e per il compleanno. Erano il dono più gradito: i profumi evaporano, i vestiti passano di moda, "il giallo" invece non perde mai valore e può trasformarsi in denaro contante in qualsiasi momento. Toni non perdeva mai occasione di ricordare alle dipendenti l'importanza del risparmio: ci teneva al fatto che ognuna decidesse a che età avrebbe lasciato il lavoro e nel frattempo si costruisse un'alternativa. La migliore era farsi mantenere da un uomo, meglio se legato dal vincolo del matrimonio. In realtà il Francese era solo preoccupato che non fossero in grado di pagargli l'affrancamento. In ogni caso fingere di sentirsi responsabile del loro futuro lo faceva sembrare una persona di buoni sentimenti, immagine che smussava il profilo dello sfruttatore.

Faticò a scoprire dove Claire nascondeva i contanti. Una professionista di quel particolare settore non riceve assegni, e se versa qualcosa in banca si tratta sem-

23

pre di piccole somme. Ritrovò diversi rotoli di banconote stretti da elastici per capelli in una nicchia ricavata dietro al battiscopa. Li lasciò al loro posto. Era evidente che Claire non era fuggita.

Bussò alla porta della camera di Maura, che aprì subito. Alle sue spalle Toni notò una scrivania ordinata, il computer e un grosso libro aperto.

«Dopodomani ho un esame» spiegò la ragazza.

«Non riesco a trovare la tua coinquilina, hai idea di dove possa essere?»

Lei scosse la testa. «Serena non mi dice mai dove va o cosa fa e io non chiedo. I patti sono questi.»

«Nelle ultime settimane l'ho vista un po' strana, come se qualcosa la preoccupasse.»

La ragazza alzò le spalle. «Effettivamente è più musona e taciturna del solito, ma non è mai stata una che si confida. Nemmeno quando era piccola.»

Il Francese sorrise. «Anche tu non sembri una chiacchierona…»

«Hai ragione, per questo io e Serena andiamo d'accordo.»

Lui la fissò. Maura, nonostante gli sforzi, non riusciva a dissimulare il disprezzo e l'ostilità nei suoi confronti. Del resto, con lei era sempre stato così. Era iscritta a Giurisprudenza e magari un giorno il Francese se la sarebbe trovata di fronte nei panni di magistrato. L'importante era che per il momento lo temesse. Il disagio della ragazza era palpabile, e sembrava rasentare la paura.

Toni si chiuse in auto a osservare l'entrata del palazzo, che non perdeva d'occhio nonostante passasse da una telefonata all'altra. Gli affari dovevano continuare. Attese fino alle sette di sera, ora in cui avrebbe dovuto accompagnare Claire dalla coppia di professionisti, poi raccontò loro una balla credibile e cercò di sostituirla con Théa. Era ancora più giovane, bionda come il grano e con le efelidi sul naso alla francese. Inviò anche una foto, ma senza successo: volevano la "solita". I clienti di un certo livello non sono quasi mai favorevoli a nuove esperienze, a differenza di quelli da strada, sempre pronti ad accontentarsi di ciò che trovano.

Toni alzò lo sguardo verso le finestre e notò che Maura lo stava osservando. Si fissarono per un attimo, poi la ragazza si ritrasse.

Una ventina di minuti più tardi il Francese si era già spostato in centro, pronto a iniziare il solito tour degli aperitivi. Non che fosse un beone: ordinava, assaggiava appena e dopo poco emigrava in un altro locale. L'importante era farsi vedere, sia per raccogliere "ordinazioni" dai clienti sia per adocchiare donne giovani e meno giovani decise a mettersi sul mercato o tentate di farlo.

Piazzò Théa per una marchetta rapida dopo cena e Valérie per due ore il pomeriggio seguente. Uno spacciatore tunisino in ascesa, capo di un'organizzazione che distribuiva la merce a domicilio, voleva organizzare un'orgetta, ma Toni declinò con eleganza. Significava mandare le sue ragazze allo sbaraglio in un appartamento con maschi strafatti di coca, e lui era venuto a sapere di "incidenti" che erano stati chiusi con risarcimenti dopo lunghe e minacciose trattative. E poi, c'erano gli sbirri: erano ovunque, davano la caccia ai pu-

sher con un certo accanimento e non amavano quelli
che prendevano i loro soldi. Un'altra ragione per star-
ne lontani.

Ogni venti minuti provava a chiamare Claire. L'u-
tente continuava a essere non raggiungibile. Telefonò
a Marcello, il portiere, che a quell'ora aveva già termi-
nato il turno.

«È possibile dare un'occhiata alle registrazioni delle telecamere?»

«Quando?»

«Adesso.»

«Alla reception c'è Ionat. Lo chiamo e lo avverto. Ti
costerà cento euro.»

«Nessun problema.»

Salì su un taxi e si fece portare all'hotel. Ionat era occupato con una coppia di clienti e Toni ingannò l'attesa leggendo distrattamente un giornale sportivo. Una
decina di minuti più tardi era seduto nell'ufficio della
sicurezza e stava osservando i video delle varie telecamere che coprivano l'area esterna e la hall.

«Sicuro che l'ora sia giusta?» chiese Ionat.

«Sì, Claire aveva un appuntamento all'una e un quarto. L'ho lasciata nel parcheggio per evitare noie con il
nuovo direttore.»

«Un vero scassapalle.»

In quel momento la vide. Era certo che si trattasse di
lei, anche se il viso era nascosto dall'ombrello. La ragazza camminava spedita verso l'entrata ma all'improvviso si fermava, si girava e dopo qualche attimo tornava
indietro. Toni continuò a guardare la registrazione per
una buona mezz'ora, ma Claire non apparve più nel-

le immagini. Marcello aveva ragione: non aveva mai messo piede nella hall.

Il Francese chiese di copiare lo spezzone che gli interessava su un cd, pagò il dovuto e uscì. Finalmente aveva smesso di piovere; camminò fino al punto in cui aveva fermato l'auto e si guardò attorno. Claire aveva percorso più o meno una cinquantina di metri per entrare nella zona coperta dalle telecamere. Il parcheggio all'aperto infatti non era sorvegliato, al contrario di quello sotterraneo. Lui l'aveva vista avviarsi verso l'entrata: giusto un'occhiata, perché era ripartito subito per andare da Valérie. Le immagini suggerivano che avesse avuto un ripensamento improvviso oppure che qualcuno avesse richiamato la sua attenzione facendola tornare sui suoi passi. E in quel caso magari era salita su un'auto. Volontariamente? La domanda era d'obbligo, perché Claire non sarebbe mai fuggita senza i soldi. Però a quell'ora c'era un sacco di gente per strada, caricare una donna di forza in macchina non sarebbe passato inosservato. Zanchetta era sicuro che qualcuno l'avesse convinta a seguirlo. Ma non si trattava certo di uno sconosciuto, perché lei non era una sprovveduta.

Chiamò Claire per l'ennesima volta, e mentre ascoltava il messaggio registrato comprese di aver perso il controllo della situazione. Forse era tutta colpa sua: era evidente che Claire non fosse la stessa di sempre, ma lui non aveva indagato. Si era solo ripromesso di capire l'origine del malumore e dell'inquietudine delle ultime settimane, e ora l'esperienza gli suggeriva che la scomparsa potesse essere collegata.

DUE

Reduce da una notte insonne, il Francese alle otto e trenta in punto suonò il campanello, sperando con tutto il cuore di svegliare la sua protetta. Maura aprì subito. Si era alzata presto per studiare.

«Non è ancora tornata» annunciò.

Toni sospirò. «Se non si fa vedere entro domani mattina avverti la famiglia e convinci i genitori a denunciare la scomparsa alla polizia.»

«Ma che succede? Non è la prima volta che passa la notte fuori casa.»

Il macrò non aveva la minima intenzione di raccontare la verità, quindi scelse una via di mezzo: «Ha saltato un paio di appuntamenti. Non è da lei».

«I suoi inizieranno a fare un sacco di domande. Cosa rispondo?»

«Che non sai nulla. Soprattutto, non pronunciare mai il mio nome» rispose l'uomo in tono inutilmente minaccioso.

Maura annuì. Non vedeva l'ora che lui togliesse il disturbo. Invece il Francese non si mosse: aveva in serbo un'altra domanda. «Secondo te frequentava qualcuno?»

«Un fidanzato, intendi?»

«Sì.»

«Qui non è mai venuto nessuno e io sono quasi sempre a casa.»

«E nemmeno dalle sue telefonate hai percepito qualcosa?»

«Non ascolto. Per principio» ribatté lei, offesa.

Toni la salutò con un cenno e tornò all'auto. Rimase alcuni minuti immobile a riflettere sul da farsi, quindi prese il cellulare dalla tasca e telefonò a un cronista di nera di un quotidiano locale. Era un cliente saltuario ma dalle esigenze complicate e costose, che solo Georgette riusciva a soddisfare.

«Non lo sai che a quest'ora i giornalisti dormono?» rispose quello, seccato.

«Ho bisogno di un favore» tagliò corto Zanchetta. «Una ricerca su una tale Serena Perin, ventitré anni.»

«Una delle tue?»

«Sì, Claire. Sembra sia scomparsa.»

«Sembra?»

«Non si è presentata da due clienti, non ha dormito nel suo letto e il cellulare è staccato.»

Ora il cronista era attento e sveglio. Aveva fiutato una notizia che poteva rivelarsi ghiotta. «Ti richiamo tra un'ora» disse prima di chiudere.

Il Francese guidò fino in centro, parcheggiò e si infilò in un bar per fare colazione. Sempre la solita: croissant alla crema e succo di frutta alla pera a temperatura ambiente.

Venne interrotto da una chiamata di Chantal. «Hai chiarito con il mio ex?»

Se n'era completamente scordato. «Non ancora.»

«Ti prego, devo tornare al lavoro.»

«Stasera risolvo la faccenda. Poi ti racconto come è andata.»

Chiamò le ragazze per un controllo. E tra una telefonata e l'altra tentò inutilmente la sorte con il numero di Claire, che continuava a essere non raggiungibile. Di solito tutte tenevano il cellulare ben carico e a portata di mano, per il semplice motivo che era fondamentale per mantenere i contatti di lavoro.

Toni ormai era pronto al peggio. Lavorava nel settore da abbastanza tempo per capire quando qualcosa era andato storto.

Il giornalista se la prese comoda. Si fece risentire verso l'ora di pranzo, quando Toni stava sorseggiando un aperitivo nella zona della Pescheria.

«Non l'ho trovata» annunciò. «Ho frugato ovunque, in tutto il Nordest.»

«Ti devo un favore.»

«Ho sentito le mie fonti tra carabinieri e questura. Appena verrà formalizzata la denuncia di scomparsa pubblicherò la notizia.»

Il Francese conosceva il significato di quelle parole: il giornale avrebbe azzannato il caso come un osso e l'avrebbe spolpato per bene. Una bella ragazza dalla doppia vita scomparsa in circostanze misteriose era l'argomento giusto per riempire le pagine della cronaca cittadina. L'ultimo episodio di nera degno di nota risaliva a un paio di anni prima: una donna sparita nel nulla anche in quel caso, ma i colpevoli, rei confessi, erano stati arrestati e condannati. Una brutta storia di usura e relazioni torbide. Quella di Claire aveva le carte in regola per essere peggiore. Per lui, soprattutto.

Doveva prepararsi ad affrontare guai molto seri: era solo una questione di tempo e gli sbirri sarebbero venuti a bussare alla sua porta. Sapevano che era il protettore di Claire, che gestiva gli appuntamenti, che l'accompagnava con la propria auto. Non aveva mai avuto problemi con la giustizia perché il suo era un giro discreto, privo di legami con organizzazioni dedite alla tratta e allo spaccio, ma soprattutto ben frequentato. Mettere nei guai gente in vista e incensurata non era certo la priorità per carabinieri e poliziotti.

Raccontare di averla accompagnata all'hotel, il luogo dove di fatto era scomparsa, poteva rivelarsi pericoloso. Era l'ultima persona ad averla vista. In mancanza di altri riscontri o testimonianze c'era il rischio concreto di trasformarsi nel colpevole perfetto.

Certo, avrebbe potuto anticipare gli inquirenti e presentarsi per verbalizzare una versione aggiustata dei fatti, magari in compagnia di un avvocato, ma non era affatto scontato che poi lo lasciassero andare. Rifletté sull'opportunità di chiudere la *maison* fino a quando la faccenda non si fosse chiarita, però si disse che quello era il modo migliore per sembrare coinvolto. D'altronde, le altre protette erano al sicuro. Nessuna aveva mai condiviso gli stessi clienti di Claire. Non poteva fare altro che aspettare l'evolversi della situazione.

Tornò all'auto e iniziò il giro delle *mademoiselle* che avevano lavorato il giorno precedente per intascare la sua parte. Era un po' all'antica, come metodo, ma l'esperienza aveva insegnato a Toni che non era una buona idea rinviare il momento dei conti. Si rischiava di litigare per qualche spicciolo e di incrinare i rapporti. Una volta gli era stato ordinato di usare la sua racchetta contro una ragazza albanese accusata di non aver versato l'intero guadagno di una notte. I suoi capi pretendevano punizioni esemplari. Un paio d'ore dopo aver sfasciato il volto di quella sfigata, aveva ricevuto una telefonata: era stato commesso un errore nel conteggio degli ultimi tre giorni.

La prima tappa fu da Justine, che gli aprì la porta sfoggiando un grembiule a fiori sopra una tuta scura e un paio di pantofole di pezza. Sembrava una massaia. Sorrise allungandogli il denaro. Alle sue spalle voci, risate e in sottofondo il sonoro monotono del telegiornale.

«Gran festa oggi» confidò la donna. «Ho cucinato il pollo fritto.»

«Com'è andata ieri?»

Un altro sorriso. «Vedrai che ogni volta che torna in zona il tizio mi chiama.»

«Sei la migliore» la adulò Toni.

«Puoi dirlo forte» ridacchiò lei chiudendosi la porta alle spalle.

A metà giro si fermò a mangiare in un ristorante della zona industriale costoso ma di qualità, frequentato da imprenditori e funzionari di banca, dove si faceva vedere un paio di volte a settimana per raccogliere le ordinazioni. Quel tipo di clienti non usava il cellulare, perché poteva essere controllato dalla guardia di finanza. Gli altri giorni frequentava i locali del centro per lo stesso motivo, ma lì era impossibile non condividere il tavolo con altre persone ed evitare di essere coinvolti in chiacchiere infinite.

Aveva bisogno di un po' di tranquillità, perché nel pomeriggio avrebbe incontrato Angela e doveva avere le idee chiare. Se fosse finito, com'era prevedibile, sotto inchiesta, gli sbirri sarebbero risaliti anche a lei, ed era risaputo quanto poco rispettassero la privacy dei cittadini. Certo, per comunicare con la sua amante usava un altro cellulare, intestato a uno dei tanti prestanome sul suo libro paga, ma quella precauzione sarebbe servita a ben poco in caso di indagini. Angela non faceva parte del suo ambiente e tantomeno della *maison*. Una regola che osservava con rigore era di non andare mai a letto con le dipendenti. Nessuno conosceva la sua vita privata e lui scansava le domande delle *mademoiselle* divertendosi a creare un alone di mistero. La realtà dei fatti era molto banale: era legato da anni a una donna sposata che di notte divideva il letto con il consorte ma che un paio di pomeriggi a settimana si infilava nel portone del palazzo del centro dove avevano a disposizione un appartamentino affittato da un prestanome. Lei lo amava. Anche lui, ma a modo suo.

Quella relazione rappresentava il livello più alto di coinvolgimento sentimentale a cui potesse ambire. Il mestiere lo aveva inaridito. Eccellere nell'arte di manipolare alla fine si era rivelato un'arma a doppio taglio, che gli aveva negato la possibilità di coltivare uno spazio interiore. Viveva nell'amara consapevolezza che tutto fosse fasullo.

Mentre terminava un piatto di baccalà alla vicentina con polenta rigorosamente bianca, un tizio gli si sedette di fronte. Il Francese lo conosceva, era il padrone di un'azienda di imballaggi. Il classico esempio di uomo che si è aperto una via al successo e alla ricchezza contando sulle proprie forze. Aveva superato i sessanta da un pezzo, ma continuavano a piacergli le ragazzine. Ogni tanto chiamava per trascorrere una seratina con Théa.

«Hai qualcuna libera stasera?» gli chiese in dialetto.

«Penso di sì.»

«Ho un cliente croato e vorrei evitare di portarlo a cena» spiegò, indicando con discrezione il tavolo dove stava pranzando. «È importante, compra un sacco di merce. Però mi sta sui coglioni, e allora ho pensato che magari potrei sistemarlo con una bella figa, così siamo tutti più contenti.»

Toni squadrò il tizio. «Siamo sicuri che accetterà il cambio di programma?»

L'imprenditore gli posò una mano sul braccio. «Apprezza il "modello troione". Lo so per certo: sono stato suo ospite a Zara.»

Il macrò decise che avrebbe mandato Margaux, alias Maria Virginia Granino, arrivata in Veneto da Teramo una decina di anni prima. Trent'anni, mora, capelli ricci, occhi verdi, prosperosa. Toni le aveva mostrato alcuni video di una cantante famosa degli anni Novanta. «Ti voglio così» aveva detto, e lei non aveva battuto ciglio. Era la professionista più sveglia della *maison*. Il suo jolly. Sapeva come accontentare il cliente ed era in grado di adattarsi a ogni situazione. O meglio, quasi a tutte: non le piacevano gli incontri lesbo, non c'era stato compenso in grado di farle cambiare idea. Teneva alla sua immagine, spesso lavorava come commessa in un negozio di scarpe e Toni l'adorava e le riservava un trattamento di favore. Margaux ne era consapevole e talvolta ne approfittava.

Il Francese si rivolse al committente della marchetta: «Paga lei, giusto?».

L'altro infilò la mano in tasca. Come buona parte degli imprenditori nostrani teneva a portata di mano un bel po' di contanti. Il "nero" era sacro, in Veneto. Contò trecento euro e li posò sul tavolo.

«Non bastano» obiettò Toni in dialetto. «Altri duecento e il croato domani mattina sarà l'uomo più felice del mondo, ben disposto agli affari.»

«Hai una bella parlantina, tu» borbottò l'uomo aggiungendo la somma richiesta. «Dovevo anch'io fare il tuo mestiere, invece che spaccarmi la schiena in azienda.»

Una battuta che ormai era stanco di ascoltare, pensò il macrò mentre l'imprenditore tornava dai suoi commensali. Richiamò l'attenzione di un cameriere e chiese il caffè e il conto.

Angela si trovava già nell'appartamento quando lui arrivò. Lo attendeva distesa sul grande divano del salotto. Indossava un baby-doll di seta, nero come la notte, che contrastava con la pelle chiara e i capelli biondi. Spendeva una fortuna in lingerie ma se lo poteva permettere, dato che era figlia e moglie di personaggi in vista della città. Non a caso portava il doppio cognome, per ribadirlo in ogni occasione possibile. Frequentava l'élite ma inspiegabilmente aveva perso la testa per uno come lui. Un segreto da custodire a tutti i costi, perché se il Veneto con cui bazzicava lo avesse scoperto non avrebbe avuto pietà. Una macchia indelebile su ben due famiglie.

Si erano conosciuti frequentando gli stessi bar del centro. Toni aveva notato che quella bella donna raffinata e danarosa, con qualche anno più di lui, ogni volta lo fissava. Era discreta ma insistente. Un giorno in cui si era allontanata da sola l'aveva seguita, e quando lei si era fermata a guardare una vetrina, lui l'aveva abbordata.

"So chi sei" aveva messo subito in chiaro Angela.

"E allora, se ho equivocato, chiedo scusa."

"No: volevo conoscerti, però non potevo farmi avanti di fronte a tutti."

"E perché?"

Lei non aveva risposto, ma lo aveva informato che l'indomani sarebbe andata a Venezia per l'inaugurazione di una mostra di una sua amica in una nota galleria d'arte.

Toni aveva accettato l'appuntamento e si era mescolato agli invitati. Più tardi, mentre passeggiavano attraversando un sestiere defilato, lei gli aveva chiesto: "Non ti disturba che abbia qualche anno più di te?".

"No, ho imparato che l'età nelle donne non è così importante. Contano la bellezza, il fascino, la passione." Ed era stato sincero. L'aveva portata in un hotel di lusso di cui conosceva il portiere e avevano trascorso insieme il resto del pomeriggio e parte della serata. Poi Angela, come una specie di Cenerentola, si era rivestita ed era tornata a casa.

Toni si tolse la giacca e si chinò a baciarla. «Ti devo parlare» disse.

«Dopo» ribatté lei.

La consuetudine dei loro incontri da amanti clandestini prevedeva il sesso, una bottiglia di champagne da assaggiare appena e lunghe chiacchierate. Lei raccontava molto di sé, a Toni chiedeva ben poco ma pretendeva che le parlasse delle sue puttane. Era affascinata dalla loro personalità. Si impadroniva del suo cellulare e osservava le foto, commentando ogni singolo dettaglio. Lui sapeva che dietro quella curiosità si celava una fantasia erotica e si premurava sempre di alimentarla con aneddoti spesso inventati.

Quel giorno però il Francese non aveva voglia di restare con lei. «Non possiamo più vederci» tagliò corto. Si era preparato un altro discorso, ma non aveva senso perdere tempo.

Lei cambiò espressione e si mise a sedere. «Che succede?»

Toni le raccontò della scomparsa di Claire e delineò con chiarezza cosa si aspettava nell'immediato futuro. «Mi controlleranno in tutti i modi, non possiamo rischiare.»

Angela era una donna prudente ma in quel momento perse la testa, probabilmente non solo per il dispiacere ma anche perché apparteneva a un mondo che non era abituato a subire pressioni o divieti. «Ti voglio stare vicino, non permetterò che ti distruggano la vita. Conosco giudici, avvocati e diversi politici…»

Lui la zittì con un altro bacio. «Ho la pelle dura. Me la caverò.»

La sua amante scoppiò in lacrime, il corpo squassato dai singhiozzi. Toni l'abbracciò forte e iniziò ad accarezzarle il seno. Non aveva nessuna voglia di fare l'amore ma sapeva che le avrebbe fatto bene, avrebbe attenuato il dolore della separazione. Si concentrò su una delle sue fantasie e riuscì a dare il meglio.

«Aspetteremo tempi migliori» sussurrò lei dopo, appoggiandogli la testa sul petto. «Però non ti dimenticare di me.»

«Non succederà.»

Rimasero così per un po', a ripetersi promesse che nessuno dei due era in grado di rispettare, poi Toni si liberò dolcemente. Si rivestì, le raccomandò di distruggere la SIM con cui comunicavano, chiese e ottenne l'uso dell'appartamento – il prestanome a cui era intestato il contratto d'affitto era la migliore amica di Angela – e se ne andò senza voltarsi.

Raggiunse lentamente l'auto e si diresse verso una nota cittadina termale della zona per tentare di risolvere i problemi di Chantal con l'ex marito. Conosceva bene i tipi come lui: i ludopatici, se non si curano, sono in grado di distruggere intere famiglie. Lui però non era un terapeuta e il suo margine d'azione era piuttosto limitato, visto che Chantal aveva preteso che non usasse la violenza per convincere il suo ex a non estorcerle più denaro.

Il coglione frequentava un bar gestito da cinesi, con una saletta interna dotata di diverse slot machine. Poi, la sera, si spostava in un'osteria di un paese vicino nel cui retrobottega si organizzavano partite di poker per disperati. Si guardò bene dal parcheggiare l'auto di fronte al locale: nel caso il confronto avesse oltrepassato i limiti dell'educazione, era meglio evitare che solerti cittadini annotassero il numero di targa.

La ragazza al bancone parlava perfettamente l'italiano e capiva il dialetto. Di sicuro era nata e cresciuta in zona. Toni si complimentò per la qualità dello Spritz prima di avviarsi verso la saletta. Undici slot: otto donne e tre uomini erano concentrati a giocare. Il silenzio era rotto solo da bestemmie soffocate o rare esclamazioni di gioia.

Zanchetta individuò con facilità l'ex di Chantal e sorseggiò lentamente l'aperitivo in attesa che si liberasse una "macchinetta" vicina alla sua. Quando accadde, il macrò infilò un paio di monete e iniziò a giocare in maniera distratta.

«Sai quante ossa ci sono nella mano?» chiese al tipo.

Lui si girò di scatto, pronto a mandarlo a quel paese, ma capì subito chi si trovava di fronte. «Tu sei Zanchetta, vero?»

Evidentemente si aspettava una visita del protettore, e il suo tono era bellicoso e strafottente.

«Ti ho chiesto se sai quante ossa ci sono in una mano» insisté Toni, calmo e gentile.

«Abbastanza per darti quattro pugni sul muso.»

Zanchetta ignorò la provocazione. «Sono ventisette, tenute insieme da muscoli, nervi e tendini.»

Tutti gli altri clienti avevano smesso di giocare e si erano girati a guardarli. L'ex marito di Chantal se ne rese conto. «Va' fuori dai coglioni, *mona*» sibilò scendendo dallo sgabello.

Toni sorrise tranquillo e continuò il suo discorso:

«Quando le ossa si rompono e le parti molli si lacerano, il dolore non passa più. Uno se lo porta dietro fino alla morte».

«Mi stai minacciando?»

Una donna di mezza età recuperò le ultime monete e scivolò fuori in punta di piedi, imitata subito dagli altri.

«No» rispose il macrò. «Spero che tu continui a derubare e a minacciare Orietta fino alla sera in cui uscirai da questa bettola e dirai addio alle tue mani, perché due o tre bestioni te le faranno a pezzi a martellate. Ogni volta che toccherai una slot o una carta da gioco il dolore ti obbligherà a ricordare che fesso sei stato.»

L'uomo impallidì. Fino a quel momento era stato certo di tenere testa al Francese. Non aveva ancora capito che un protettore è disposto a tutto pur di tutelare il suo patrimonio, ma la tranquillità con cui lo minacciava lo aveva comunque convinto della serietà delle sue intenzioni.

«D'accordo. Non le chiederò più soldi.»

Zanchetta scosse la testa. «No. Quelli come te, se non si rivolgono a un centro specializzato o ai Giocatori Anonimi, non smettono mai di andare a caccia di quattrini. Tu sei un povero coglione, senza spina dorsale: sei destinato a fotterti le mani, poi non ti resterà che giocarti la pensione di invalidità.»

Toni non stava bluffando. L'esperienza gli aveva insegnato che strappare promesse a persone affette da dipendenze era solo una perdita di tempo, mentre la sincerità nel prospettare le conseguenze era molto più efficace.

L'ex di Chantal era terrorizzato. Lo sguardo fisso a

terra, pregava che il macrò se ne andasse. Avrebbe continuato a giocare, giurando a se stesso che quella era l'ultima volta. Ma l'indomani sarebbe tornato. Toni però era certo che per un po' non avrebbe infastidito la sua protetta.

Zanchetta uscì dal locale seguito dallo sguardo dei giocatori e della barista, tutti in attesa dell'esito del confronto.

Tornò in città e fermò l'auto sotto casa di Claire. Provò di nuovo a chiamarla e poi rimase seduto, immobile, fino a quando il buio invase la città.

TRE

La notizia della scomparsa di Serena Perin divenne pubblica una settimana più tardi, il secondo giorno di maggio, per l'esattezza.

In una breve intervista i genitori si dissero preoccupati e angosciati per la figlia minore, che si era trasferita dal paese per studiare Psicologia all'università. Qualche giorno più tardi arrivò in città la troupe di una nota trasmissione televisiva specializzata in casi di persone che si allontanavano da casa più o meno volontariamente. Il servizio non svelò nulla sulla vera professione della ragazza, e la telecamera non riuscì a violare la porta del palazzo dove Claire divideva l'appartamento con Maura Mazzoleni. La coinquilina, saggiamente, aveva evitato ogni contatto con i giornalisti, ma le foto come capita in questi casi erano circolate in maniera ossessiva sui social, oltre che sui giornali e in televisione. E al Francese capitava sempre più spesso di essere fermato da qualche uomo che sottovoce chiedeva notizie della sua protetta. Presa dal panico, la coppia di professionisti da cui Claire doveva andare la sera in cui era sparita minacciò di rovinarlo, se fosse stata coinvolta. Toni riuscì a non perdere la pazienza e a rassicurare i due del fatto che lui, i clienti, non li tradiva. E l'impegno valeva anche per il direttore di banca vestito da sposa, quello che era corso a liberare dalle manette dopo aver lasciato Claire al parcheggio dell'hotel, con tutto che una deposizione di quel *mona* avrebbe anche potuto scagionarlo, nel caso gli sbirri avessero deciso di accusarlo. Toni però sapeva di non poterci contare: il merda si sarebbe quasi sicuramente tirato indietro per evitare che la sua vita, già compromessa dallo scandalo finanziario, venisse distrutta del tutto.

In verità sarebbe stata più che sufficiente la testimonianza di Valérie: poteva dichiarare che Toni era andato a prenderla al motel o in qualsiasi altro luogo nelle vicinanze, ma si era già bruciata la credibilità in un altro procedimento dove aveva dichiarato il falso ed era stata condannata. A quel punto, dato che un alibi inoppugnabile il macrò non ce l'aveva, conveniva lasciare agli inquirenti la fatica di scavargli la fossa.

Se la presero comoda.

Verso metà giugno, il Francese ricevette una chiamata dal suo amico giornalista. Al telefono il tipo non voleva sbottonarsi e gli diede appuntamento in un bar.

Ordinò un Gin Tonic. «È l'unica cosa che mi disseta.» Ne bevve un paio di sorsi prima di svelare il motivo per cui l'aveva convocato: «Fossi in te starei in campana».

«Grazie della dritta, ma sono stato già avvertito dalle *mademoiselle*» sospirò rassegnato Toni. «Una coppia di poliziotti dell'anticrimine le ha tartassate per bene. E le domande riguardavano soprattutto il sottoscritto.»

«Non sono dell'anticrimine. Sono della omicidi» lo corresse il giornalista.

«Danno per scontato che Claire sia morta?»

«Rassegnati: lo pensiamo tutti» disse il cronista. «Piuttosto, il contatto mi ha detto che a metterli sulla tua pista sono stati due portieri d'hotel e una tale Maura Mazzoleni.»

«So anche questo. Ha avuto il buon gusto di avvertirmi.»

«Sai cosa significa, vero?» chiese il cronista stringendogli un braccio. «Ti stanno accerchiando come gli indiani, pronti a riempirti il culo di frecce.»

Il Francese alzò le spalle e sfoggiò una tranquillità che non possedeva realmente. «Prima o poi si arrenderanno e mi lasceranno perdere.»

L'altro strinse più forte. «Sei sicuro di non sapere nulla di questa storia? Io ti posso aiutare.»

"Con un bello scoop" pensò Toni. «Sembra che la terra l'abbia inghiottita» rispose poi, fissandolo. «È l'unica cosa che posso dire con certezza.»

Quando decisero di farsi vivi, gli sbirri scelsero il modo più plateale. Toni venne fermato mentre era seduto insieme ad altri conoscenti – una fauna variegata di procacciatori d'affari a caccia di polli e di cazzoni perditempo – nel plateatico di un locale in pieno centro all'ora dell'aperitivo. Due poliziotti in borghese, un uomo e una donna, apparvero alle sue spalle e gli chiesero di seguirlo dopo aver esibito i distintivi. I tizi con cui stava bevendo si dileguarono fingendo impegni improvvisi, preoccupati per la cocaina o il contante dif-

ficile da giustificare che tenevano in tasca. Zanchetta
non finse sorpresa e tantomeno protestò: salì sull'auto
in silenzio, a testa alta sotto lo sguardo dei curiosi. La
notizia sarebbe passata di bocca in bocca alla velocità
della luce: meglio fare bella figura.

La poliziotta si occupò delle presentazioni. «Commissario Ardizzone» disse, poi indicò il collega. «Sovrintendente capo Roncelli.»

Toni conosceva anche i loro nomi di battesimo
– Franca e Guido –, ma non era il caso di mostrarsi troppo informato. Preferì concentrarsi sullo smal-
to rosa pallido delle unghie del commissario, un po'
troppo corte per i suoi gusti. Anche il taglio dei capelli era esagerato, il caschetto non le donava. Per non
parlare del look: giacca blu, camicia e jeans dello stesso colore. Pensò che il commissario non si valorizza-
va abbastanza, forse per non essere mal giudicata nel
suo ambiente. Peccato, perché era bella – non bellissima, ma se l'avesse conosciuta in un altro contesto
l'avrebbe corteggiata per convincerla a diventare una
delle *mademoiselle*. Pensò che nella *maison* mancava il
personaggio della poliziotta che ammanetta il cliente
e lo interroga sui suoi peccati. È vero, c'era Clémen-
tine, la regina del battipanni, una quarantenne auste-
ra con la gonna sotto il ginocchio e camicette abbotto-
nate fino al collo, ma era ricercata da uomini maturi
che si eccitavano a essere messi in riga dalla "mamma". Per l'uomo alla guida sprecò uno sguardo fug-
gevole: quarantenne, alto, palestrato, sguardo truce
incorniciato da una barba che avrebbe meritato un taglio più accurato e il bisogno urgente di una doccia.

45

Il caldo non dava tregua e probabilmente era in servizio da parecchie ore.

Toni sembrava tranquillo ma non lo era affatto. Da un lato era terrorizzato, dall'altro sollevato: dopo un periodo di logorante attesa finalmente avrebbe scoperto cosa gli riservava il destino. Si aspettava che lo portassero in questura, invece Roncelli parcheggiò lungo un canale. Un gruppo di bambini, controllato a vista dalle mamme, distribuiva pezzetti di pane alle anatre.

«Non sei uno di tante parole» constatò Ardizzone. «Eppure voi papponi a chiacchiere siete dei fenomeni. Quante ne hai rifilate a Serena – pardon, Claire – per convincerla a battere per te?»

Toni sbuffò. «Vada al sodo, commissario. Questo preambolo è un po' troppo scontato.»

Roncelli si girò di scatto, sembrava pronto a colpirlo. Toni si sporse in avanti per provocarlo. Mostrare di temere la violenza avrebbe aperto uno spiraglio pericoloso nelle sue difese. Per fortuna la poliziotta intervenne con decisione respingendolo contro il sedile.

«D'accordo. Giochiamo pure secondo le tue regole, Zanchetta» disse. «Noi siamo convinti che sia stato tu a far sparire Serena Perin. Sappiamo, e telecamere e celle telefoniche ce lo confermano, che dovevi portarla all'hotel per una marchetta; oltre al portiere abbiamo interrogato anche il cliente che l'ha aspettata invano col cazzo duro per il Viagra. Pensa, ci ha raccontato anche questo.»

Toni era sorpreso: non credeva possibile che sarebbero arrivati a tanto, mentre aveva dato per scontato che Marcello e Ionat avrebbero parlato. I portieri d'albergo giocano sempre su più tavoli, e dopo aver letto di Claire sui giornali dovevano essersi precipitati a informare gli inquirenti di quanto era accaduto quel giorno, compreso il suo interesse per il video di sorveglianza. In questo modo avrebbero evitato l'accusa di favoreggiamento della prostituzione e conservato il posto di lavoro.

«Invece, da quanto ci dicono il tuo telepass e il tuo cellulare» continuò il commissario, «hai portato la bella Claire nella campagna vicentina, l'hai ammazzata e hai nascosto il corpo da qualche parte.»

Ardizzone scambiò un'occhiata con il collega, che raccolse il testimone. «Magari quella mattina ti ha confessato di essere incinta» ipotizzò. «Oppure ti ha annunciato che voleva mollarti e tu l'hai punita. Un avvertimento per tutte.»

Il macrò aveva il cuore che sembrava un tamburo impazzito, ma riuscì a mostrarsi impassibile.

La Ardizzone prese dalla borsa tabacco e cartine, si preparò una sigaretta e la accese. Gli sbuffò il fumo in faccia. «Complimenti all'avvocato che ti ha consigliato» disse. «Interrogare un sospetto che non spiccica nemmeno una parola è sfiancante, una gran rottura di coglioni. Voglio però essere chiara: uno di questi giorni ti verremo a prendere e finirai in carcere. Bene che ti vada, non te la caverai con meno di trent'anni.»

«Scherziamo?» sbottò Roncelli. «L'omicidio e l'occultamento di cadavere valgono un ergastolo. Se questo magnaccia è furbo, ci racconta come è andata veramente e noi gli diamo una mano.»

Toni allungò la mano verso la portiera. «Abbiamo finito?»

Il commissario lo invitò a uscire con un cenno della mano. «Goditi gli ultimi giorni di libertà.»

Zanchetta non perse tempo e si allontanò, sentendo gli sguardi dei due poliziotti incollati alla schiena. Svoltò in un vicolo e si appoggiò alla facciata di un palazzo per non crollare. Respirò a pieni polmoni fino a quando riuscì a calmarsi. Gli sbirri non bluffavano. Nei giorni prima si era davvero rivolto a un legale, come i due avevano intuito, e il tizio, anche se disponibile a rappresentarlo in corte d'assise, era stato chiaro: gli inquirenti non avevano prove ma erano in possesso di indizi in grado di convincere una corte a condannarlo, perché se il colpevole non era Toni Zanchetta detto il Francese... allora chi altro poteva essere?

Una domanda pericolosa e priva di ogni valore giuridico, ma il processo penale si basa sempre su ragionamenti semplici, alla portata dei giudici popolari. D'altronde, gli sbirri avrebbero testimoniato di aver battuto inutilmente altre piste e il pubblico ministero si sarebbe accanito sulla sua professione. Al Francese sembrava già di sentire la requisitoria: "Si può davvero credere alla parola di un protettore, un uomo che campa sfruttando povere donne costrette a prostituirsi?". Secondo il penalista, se il caso fosse arrivato a processo le probabilità di essere assolto erano meno del venti per cento.

Guardò l'ora e scoprì di essere in ritardo: doveva accompagnare Margaux da un affezionato cliente che amava fare sesso sulla lussuosa scrivania del suo ufficio, nell'azienda che lo aveva trasformato in un imprenditore di successo. E che a quell'ora era ovviamente deserta, a parte il fidato custode che avrebbe aperto il cancello.

Il Francese recuperò l'auto e si precipitò a casa della *mademoiselle*. Come sempre la sua preferita era di buonumore, ma dopo qualche minuto di chiacchiere e battute chiese notizie di Claire. Sparire nel nulla è l'incubo di ogni professionista, perché significa finire ammazzata o, peggio, rapita dal mostro di turno.

Toni la tranquillizzò, omettendo il recente incontro con i poliziotti e le relative minacce.

«Non so cosa sia successo a Claire, ma al momento l'unica cosa che mi interessa è la vostra sicurezza.»

«E come farai a proteggerci tutte?»

Lui si girò a guardarla. «Sono il migliore, lo sai.»

«Chissà se ne è convinta anche Claire.»

Il Francese si irrigidì e lei gli appoggiò una mano sul braccio. «Scusa, ma questa attesa mi sta sfinendo.»

Quando raggiunsero gli stradoni ormai deserti della zona industriale, all'improvviso una macchina della polizia accese i lampeggianti e gli si affiancò. Un agente abbassò il finestrino e agitando la paletta intimò a Toni di fermarsi.

Li costrinsero a scendere e a esibire i documenti. Mentre veniva perquisito, il macrò vide l'auto civetta con Ardizzone e Roncelli a una cinquantina di metri di distanza. Il fermo non era stato casuale. Qualche minuto più tardi, quando la volante si allontanò, i due sbirri decisero di avvicinarsi. Non rivolsero al Francese nemmeno uno sguardo: il loro obiettivo era Margaux, che sbuffò vistosamente. Non era di primo pelo e sapeva come tenere testa ai poliziotti.

«Ma che palle! Mi avete già interrogato e io devo andare a lavorare. Non ho mica uno stipendio da statale come voi.»

«La *maison* ha chiuso» annunciò il sovrintendente. «A giorni arresteremo il tuo magnaccia e nel frattempo gli stiamo attaccati al culo giorno e notte. E se troviamo qualcuna di voi a fare marchette, vi portiamo in questura insieme ai clienti.»

«Lui non c'entra con la scomparsa di Claire» ribatté Margaux.

«E tu che ne sai?» chiese il commissario.

«Lo so e basta.»

L'Ardizzone l'afferrò per un braccio. «Andiamo a fare due chiacchiere nel mio ufficio, allora, hai appena confessato di essere una prostituta e noi accusiamo il bel Toni di favoreggiamento.»

«Lo sapete che non firmerò niente e che le parole non valgono nulla!» La prostituta tentò di divincolarsi, ma la poliziotta non mollò la stretta e la obbligò a salire sull'auto.

Il Francese fece segno alla sua protetta di non perdere la calma. Lui era rimasto impassibile: ormai era evidente che volevano indurlo a commettere qualche errore, a fuggire o a reagire. Nella sua situazione anche un mezzo insulto sarebbe stato sufficiente per finire in manette.

«Domani leggi il giornale, coglione» lo salutò Roncelli.

Toni se lo aspettava, ma fu comunque come ricevere un cazzotto nello stomaco. L'operazione terra bruciata avrebbe raggiunto il punto più alto, culminando nella condanna da parte dell'opinione pubblica, necessaria ad aprire le porte a un processo indiziario. Nessuno si sarebbe preso la briga di difendere un pappone, e in tanti avrebbero finto di non conoscerlo.

Forse aveva sfidato il destino troppo a lungo... Da tempo si era reso conto di non poter continuare all'infinito, perché uno come lui non poteva attendere l'età della pensione per ritirarsi, se non voleva rischiare di trascorrere il resto della vita con il culo posato sullo sgabello di un bar a gestire puttane da quattro soldi. Per salvarsi avrebbe dovuto abbandonare il settore della prostituzione quando era ancora sufficientemente giovane. Aveva quarantasei anni, ora, e si era fissato come limite i cinquanta. Gli sembrava l'età giusta per riuscire a mettere da parte abbastanza grana da campare senza pensieri per un bel po'. E ora la scomparsa di Claire metteva tutto in discussione.

Per fortuna si poteva considerare più che benestante. Ma i soldi non bastano mai, e comunque si diventa macrò solo e unicamente per arricchirsi. Il suo progetto era di acquistare una villa veneta lungo il Brenta, ristrutturarla e godersi il resto dell'esistenza vestendo i panni di un signorotto di campagna. Una balla credibile che rifilava a tutti quelli che gli chiedevano notizie dei progetti di lavoro e di vita una volta raggiunta l'età della pensione.

In realtà Toni sapeva che abbandonare quel mondo non sarebbe stato facile: aveva scelto di diventare un ruffiano all'età di quattordici anni, quando lavorava come garzone da Ennio, un bar con cucina lungo la provinciale, non lontano da casa. Era frequentato da camionisti, contadini, viaggiatori di commercio, perditempo, pensionati e puttane. Erano molto discrete, nel senso che se ne stavano sedute ai tavoli, magari ingannando il tempo giocando a briscola con i vecchietti, e poi al momento giusto si appartavano nella vecchia stalla che era stata ristrutturata con quello scopo.

Anche Toni aveva conosciuto per la prima volta il sesso in quelle due stanzette con le pareti di legno. Norina era di buonumore e il pomeriggio di luglio era fiacco.

«Smettila di guardarmi le gambe e vieni con me che ti faccio fare un giro» aveva detto la donna tra le risatine dei clienti e le finte proteste del proprietario.

Norina era una cinquantenne segaligna con le tette grandi, vedova di un operaio morto in un incidente in fonderia, una brava donna che non voleva stare sola e aveva fatto del locale la sua seconda casa. Sognava di incontrare un uomo che la portasse via, magari a vivere in Francia. Non c'era mai stata ma selezionava sempre canzoni francesi nel grande jukebox del locale. Quell'anno le piaceva ascoltare *Étienne* di Guesch Patti. Andare a letto con un ragazzino comunque non era solo un atto di beneficenza: le piacevano di quell'età, soprattutto se vergini. Era stata una prima volta indimenticabile.

A convincerlo a scegliere la prostituzione come mestiere furono le confidenze sui clienti che le professioniste si scambiavano, a volte ridendo e a volte scuotendo la testa. Lui ne era affascinato e col tempo diventò quasi dipendente dall'intimità, dalle fantasie sessuali degli estranei e di uomini che conosceva molto bene. Come il professore di matematica.

A casa non avevano immaginato nulla fino al giorno in cui era partito per Milano. La scusa era un posto di lavoro come apprendista in una delle tante aziende dell'indotto dell'Alfa Romeo, solo che in tasca aveva l'indirizzo di una *maîtresse* che gli era stata suggerita da un rappresentante.

La sua famiglia era una come tante: padre operaio e contadino a fine turno, madre che si occupava del marito, dei figli, dei conigli e dei polli. Due femmine e due maschi, e Toni era l'unico che aveva abbandonato la scuola subito dopo la terza media. Cattolici praticanti, consideravano la prostituzione, di cui si parlava raramente, come una presenza normale nella vita dei maschi. E la chiusura dei bordelli un errore che aveva portato nelle strade uno spettacolo indecoroso.

Toni era stato arrestato sette mesi dopo il suo arrivo nella grande città. Una sciocchezza, qualche giorno di carcere e un processo da celebrare che avrebbe comportato al massimo sei mesi di pena... ma non per i suoi parenti, che avevano immediatamente chiuso ogni rapporto.

Una volta tornato in Veneto gli era capitato di incontrare la sorella minore, accompagnata da un adolescente che doveva essere suo nipote. Si erano riconosciuti, ma lei aveva subito abbassato lo sguardo. Toni, dopo tanti anni senza pensare alla famiglia se non in maniera fugace, si era incuriosito e aveva scoperto che il padre era morto, la madre viveva ancora nella vecchia casa e fratelli e sorelle si erano sposati. Per alcuni giorni si era appostato davanti alle loro abitazioni per rivederli dopo tanto tempo e conoscere i loro figli.

Gli sarebbe piaciuto rimanere all'interno della famiglia, comprendeva però la necessità della presa di distanza e della condanna morale. Gli altri parenti, i conoscenti e i vicini di casa non avrebbero capito, e comunque nessuno degli Zanchetta aveva mai avuto problemi con la legge.

Attese che l'auto si allontanasse prima di avvertire il cliente che Margaux non era più disponibile.

«Mandamene un'altra» rilanciò l'imprenditore, decisamente seccato.

«Sono tutte occupate» mentì Toni tagliando corto. Non aveva intenzione di sorbirsi le lamentele dei clienti quella sera.

Poi chiamò il giornalista. «Potevi avvertirmi» si lamentò.

«Non ti devi preoccupare del mio pezzo» ribatté il cronista, «ma di quello che pubblicheranno gli altri.»

Con "altri" intendeva il secondo quotidiano della città. Il terzo, di minore importanza, era l'inserto con la cronaca di alcune città venete di una testata nazionale. «Io mi limito a raccontare della vita segreta di Serena, con le solite note di colore sulla famiglia, il paese, le amiche. Ovviamente accenno ai sospetti su di te ma senza infierire, delicatezza che invece non troverai nell'articolo della concorrenza.»

«Hai raccolto voci sui tempi del mio fermo?»

«Vuoi scappare?»

«Non ci penso proprio» rispose Toni.

«Ho sentito dire che nel giro di una settimana dovrebbero portarti in questura per il primo interrogatorio.»

«Sai se l'indagine coinvolge anche i carabinieri?»

«Qui hanno smesso di pestarsi i piedi già da un po'.»

Il macrò salì in macchina e guidò per alcuni minuti con lo sguardo incollato allo specchietto retrovisore. Nessuno lo seguiva. Un presentimento però lo convinse a fermarsi in una strada laterale: scese dall'auto, si inginocchiò e con la torcia del cellulare controllò il pianale, i paraurti e i parafanghi. In quello anteriore destro trovò un localizzatore GPS: ecco perché non si disturbavano a pedinarlo. Il macrò lo lasciò al suo posto. Tornò in città, parcheggiò l'auto fuori da un supermercato e proseguì a piedi.

Dopo una camminata di almeno mezz'ora attraversò un ponte e raggiunse una zona residenziale. Si fermò davanti al videocitofono di una villetta e suonò il campanello. Era fradicio di sudore, e se ne accorse solo in quel momento.

La persona che lo osservava attraverso la telecamera si prese il suo tempo prima di decidersi ad aprire il cancello.

QUATTRO

Toni superò il giardinetto ma si fermò a un paio di metri dalla soglia, occupata da un cane meticcio di grossa taglia che scodinzolava curioso.

«Purtroppo è buono. Non ha ancora capito che dagli esseri umani bisogna solo diffidare» disse la donna che era subito apparsa dietro l'animale.

«Avrei bisogno di parlarti» annunciò Toni.

«E di un favore, immagino. Altrimenti non saresti venuto.»

«Mi fai entrare?»

Lei indicò con il mento il moncherino che pendeva dalla spalla sinistra e che il Francese si era sforzato di non fissare. «Ti dispiace se non metto la protesi? Quando sono a casa non devo fingere di essere intera, e poi questo fine giugno è fastidiosamente torrido, non trovi?»

Toni fece spallucce. «Nessun problema» mentì.

La donna andò a sedersi su un imponente divano Chesterfield, e il meticcio si sdraiò ai suoi piedi. A Toni toccò una poltrona. Si guardò attorno: l'arredamento era severo e un po' opprimente.

«Vuoi qualcosa da bere?» chiese la padrona di casa,

indicando un tavolino coperto da bottiglie di liquore. Lei era già servita.

Il macrò si alzò e versò due dita di cognac nel bicchiere sbagliato. Non si aspettava di essere accolto con tanta freddezza e velata ostilità.

La donna si chiamava Fabrizia Masiero, e ormai doveva sfiorare la quarantina. Era ancora bellissima, nonostante l'amputazione, e lo sarebbe stata per sempre. Quando lavorava per lui si faceva chiamare Isabelle, perché il suo personaggio ricalcava l'attrice francese che di cognome faceva Huppert. Toni notò che continuava ancora a impersonarlo. Il colore dei capelli, il taglio, i gesti e i vezzi imparati a forza di guardare film e video.

Quando, cinque anni prima, aveva scoperto di avere un sarcoma, lui le era stato vicino, aveva usato le sue conoscenze per garantirle il miglior chirurgo sulla piazza, aveva pagato ogni spesa. Le altre *mademoiselle* avevano apprezzato il suo gesto e si erano convinte una volta di più che il Francese fosse diverso. Poi, con il passare del tempo, aveva diradato le visite. Nemmeno quel giorno si sarebbe presentato, se avesse potuto farne a meno.

«Ti sei perso una protetta, gira voce» disse lei, infilando una sigaretta spenta tra le labbra.

Toni cercò di ricordare quale fosse il film nel quale la Huppert ripeteva quel gesto e alla fine si addormentava bruciando viva nel letto. «Non l'hai conosciuta, è arrivata dopo nella *maison*. E comunque sì, è scomparsa, e gli sbirri vogliono accusarmi di averla sequestrata e uccisa.»

«Magari è vero.»

«Non dirlo nemmeno per scherzo.»

«E Désirée? Lei che fine ha fatto?»

Il Francese si stupì: Fabrizia non era sciocca, ai tempi probabilmente aveva nasato che lui con la scomparsa di Désirée non c'entrava, che se n'era andata da sola, senza pagare la buonuscita.

«Che succede, Fabrizia? Sembra che tu ce l'abbia con me.»

«Ora non sono più Isabelle?» domandò lei, sarcastica.

Il macrò sorrise. «In effetti non sei cambiata, reciti il tuo personaggio alla perfezione.»

«Appunto: recito. Così non penso a cosa sono diventata.»

Toni si alzò. «Ti chiedo scusa, ho sbagliato a venire qui.»

«Non ho ancora risposto alla tua domanda. Non sei curioso di sapere perché non sono affatto contenta di vederti?»

Lui le fece cenno di continuare e si versò altre due dita di cognac. Non si era aspettato un'accoglienza così ostile, e a quel punto gli sembrava giusto capirne il motivo.

Isabelle accarezzò il vuoto che un tempo aveva ospitato il braccio perduto. «Ho sofferto a lungo della sindrome dell'arto fantasma» spiegò. «Mi sembrava che ci fosse ancora, provavo addirittura lo stesso dolore di quando il tumore si era diffuso.»

«Mi spiace, ma non capisco...»

«Mi hanno detto che era il mio cervello che si confondeva, e allora mi sono chiesta quante volte mi sono confusa nella vita e ho ripensato a tutte le attenzioni affettuose che hai avuto nei miei confronti dal giorno in cui mi sono ammalata.»

«Mi sembrava il minimo che potessi fare.»

Isabelle aspirò l'ultima boccata e schiacciò il mozzicone scuotendo la testa. «No. Tu hai investito tempo e denaro perché io tornassi a lavorare per te. La puttana monca era una chicca per la clientela più esclusiva. Un mostro che si fa fottere da altri mostri.»

Toni la guardò senza muovere un muscolo, ma per poco non gli rovesciò il bicchiere. E così alla fine lei l'aveva capito. Era certo di essere stato attento, si era ben guardato dall'accennare a un suo ritorno nella *maison*, però in effetti aveva sperato fino all'ultimo che Fabrizia desse un segnale in tal senso. D'altronde, una bella donna resa ancora più fragile e indifesa da una menomazione aveva un valore di mercato piuttosto invidiabile: sarebbe stato stupido da parte sua non prendere in considerazione quell'ipotesi. Anni prima un pappone di infima categoria che campava alle spalle della moglie, una troia da marciapiede che chiedeva cinquanta euro per ogni giro, aveva svoltato dopo che la sua dolce metà aveva perduto le gambe in un incidente stradale. L'aveva messa in un appartamento e il prezzo era salito a duecento.

«Non so come tu possa pensare una cosa simile» ribatté Toni, sdegnato.

La sua ex protetta gli rise in faccia. «Ormai sei un libro aperto, per me. Ti ho letto dentro: sei un pappa identico a tutti gli altri.»

Toni si mostrò offeso. «Questo non puoi proprio dirlo.»

«Siete tutti uguali, e siete voi il problema.»

«Non ti capisco.»

«Non dovreste esistere. Le donne dovrebbero tenersi il novanta per cento del guadagno e chi gestisce il giro il resto. Una quota d'agenzia, come nello spettacolo.»

«Questa cazzata delle *sex workers* l'ho già sentita» sbottò il macrò dirigendosi verso la porta, seguito dal cane. «Donne che vendono sesso e non il proprio corpo, libere di gestirsi.»

«Esatto. Vedo che il concetto ti è chiaro. Che favore volevi chiedermi?»

Lui si fermò. «Nulla di importante» rispose senza voltarsi.

«Eri venuto a implorarmi di fornirti un alibi, vero?»

Sì, era vero, e Toni era così disperato che si sarebbe buttato ai suoi piedi se avesse avuto qualche possibilità di convincerla.

«Io non credo che tu l'abbia uccisa dopo averla rapita. Non è nel tuo stile» disse Isabelle. «Ma spero che ti mettano in galera, così pagherai il male che hai fatto a tante di noi in tutti questi anni.»

Zanchetta si decise a girarsi e a guardarla. Sollevò l'indice e lo fece girare per indicare la casa intera. «Tutto questo e il gruzzolo che hai in banca o sotto il materasso lo devi solo a me.»

«Ti sei tenuto la metà» ricordò lei.

Il macrò perse il controllo: «E ho fatto male: meritavi di finire nelle mani di un magnaccia da ottanta per cento».

Lei sgranò gli occhi fingendo sorpresa, ma il tono era tagliente. «Ti sei arrabbiato. Mi spiace, Toni… e io che mi ero illusa di finire la serata con una bella scopata, anzi, con te che mi succhi il moncherino mentre mi fotti.»

Il macrò uscì nel giardino e lei lo seguì. «Torna quando vuoi!» gridò quasi, prima di sbattere la porta con tutte le sue forze.

L'indomani, il Francese fu il primo cliente dell'edicola; acquistò i due quotidiani della città e li sfogliò con gesti nervosi fino a quando non trovò gli articoli che lo riguardavano. Il suo amico giornalista aveva ragione: la concorrenza lo aveva fatto a pezzi, riferendosi a lui non aveva usato la parola "assassino" e nemmeno "magnaccia" – tanto lo avrebbero capito tutti comunque – ma aveva insistito sul fatto che TZ era stata l'ultima persona a vedere la ragazza scomparsa. Come aveva previsto il suo avvocato, alla fine della lettura sorgeva spontanea la domanda: "Se non è stato lui, allora chi altri?".

Con gli occhi gonfi di lacrime e lo sguardo basso camminò fino all'appartamento dove incontrava Angela. Si distese sul letto senza nemmeno togliersi le scarpe. Era in trappola, era solo questione di tempo prima che venissero ad arrestarlo. Sì, un alibi avrebbe potuto salvarlo e Isabelle sarebbe stata una candidata più che discreta; purtroppo quella strada era naufragata miseramente. Passò in rassegna decine di nomi, ma tra le sue conoscenze nessuno che avesse la fedina penale pulita avrebbe rischiato la reputazione per lui.

All'ora di pranzo si infilò sotto la doccia e poi decise di mangiare qualcosa. La dispensa era fornita di raffinate e costose leccornie comprate da Angela. Si sfamò mescolando a caso dolce e salato e bevendo un paio di bicchieri di troppo.

Toni non aveva grande dimestichezza con i social. Aveva giusto un profilo falso su Facebook, che gli serviva più che altro per osservare il panorama delle donne sole. Diede un'occhiata a ciò che era stato pubblicato nelle ultime ore sapendo già che cosa avrebbe trovato: minacce e insulti. E diverse fotografie che lo ritraevano in occasioni mondane. Il terzo quotidiano locale in ordine di importanza era una testata online, e lì trovò un articolo di fondo di un'intellettuale della zona che lo voleva già in galera. Giusto per completezza si sintonizzò su un paio di emittenti locali, note per le trasmissioni pomeridiane con telefonate del pubblico: la sua identità era già stata diffusa, il tam-tam del pettegolezzo aveva già suonato in tutta la città. Come sempre accade in questi casi, più di qualcuno concordava sul linciaggio chiedendo a gran voce di conoscere l'indirizzo di casa dell'assassino. Zanchetta decise che era arrivato il momento di nascondersi.

Un paio di giorni più tardi il cellulare che usava per comunicare con l'avvocato squillò. «L'Ardizzone è preoccupata che tu sia fuggito. A casa non sei tornato e non hai più usato l'auto.»

«E ci mancherebbe altro, hanno piazzato un GPS sotto un parafango» ribatté Toni scandalizzato. «Comunque evito di farmi vedere in giro, il Veneto in questi giorni è piuttosto ostile nei miei confronti.»

«È quello che ho cercato di farle capire, ma preferirebbe sapere dove ti trovi.»

Toni cambiò discorso. «Come vanno le mie quotazioni in tribunale?»

«Il titolo è in caduta libera, se arriviamo al dibattimento non farti illusioni.»

«Me lo hai già ripetuto mille volte.»

«Lo so, ma la chiarezza, anche eccessiva, rientra tra i miei doveri di difensore. Comunque non ti ho chiamato solo per farti partecipe delle lamentele del commissario, ma anche per avvertirti che ho ricevuto un'ambasciata che ti riguarda.»

«Chi la manda?»

«Non lo so… o meglio, posso solo immaginarlo. È arrivata tramite un collega che di solito rappresenta certi ambienti con cui non ho mai voluto avere a che fare.»

«E il messaggio?»

«Ha indicato un luogo e un orario. Nient'altro.»

«Cosa mi consigli?»

«Come tuo legale non posso esserti utile» rispose l'uomo misurando le parole. «Se fossi il tuo migliore amico ti direi di andare ad annusare la faccenda, non hai nulla da perdere.»

«Già, a questo punto non posso fare più di tanto lo schizzinoso. Nel frattempo puoi dire alla Ardizzone di togliere quel maledetto arnese dalla mia auto?»

Il Francese uscì dal portone e si avviò verso il luogo indicato dalla app di noleggio dei monopattini elettrici. Sbloccò quello che aveva prenotato e lo accese.

L'indirizzo a cui doveva presentarsi si trovava in periferia. Tramite internet aveva appurato che si trattava di una villa circondata da un grande giardino, e quando la raggiunse scoprì che a quell'ora della sera la via era tranquilla e deserta. Solo il sonoro delle televisioni filtrava dalle finestre spalancate per l'afa che non accennava a calare nemmeno durante le ore notturne.

Un uomo lo attendeva al buio appena dietro al cancello, e pretese di perquisirlo. Il macrò ebbe così la certezza di che genere di persone fossero i suoi imminenti interlocutori: per un attimo pensò di girare i tacchi, ma la guardia lo afferrò per un braccio e lo accompagnò all'interno della villa, in un grande salotto. Poi se ne andò, probabilmente per tornare al suo posto fuori.

La sala era deserta e fresca grazie a due potenti condizionatori. Toni attese in piedi per cinque minuti buoni, osservando l'arredamento e convincendosi che la villa non era abitata abitualmente, prima che dalla scala scendessero tre persone, una donna e due uomini. Li riconobbe all'istante. Jelena Ristović, serba, cinquant'anni mal portati, pingue e dimessa. Per strada, a una prima occhiata distratta, poteva essere scambiata per una delle tante badanti dell'Est, ma i gioielli che sfoggiava raccontavano un'altra storia. Era lei il boss, o meglio, la fiduciaria di un'organizzazione che si occupava di prostituzione nel Nordest italiano. Alle sue spalle, gli scagnozzi più fedeli: il compatriota Laza Dedinac e il russo Semën Dmitriev. Laza era alto e magro, con un paio di baffetti sottili sotto il naso adunco. Nonostante la temperatura, indossava un completo di lino color crema e scarpe eleganti con i lacci, che contrastavano con le infradito di Jelena e le sneakers da ragazzino calzate dal russo, un tipo col naso da pugile, occhi cerulei, muscoli e tatuaggi da galera.

La boss gli andò incontro fissandolo dritto negli occhi. «Sai chi sono?» chiese in un italiano più che discreto.

«Sì.»

L'altra indicò un divano. «E allora sediamoci e parliamo.» Puntò il pollice verso i suoi uomini. «Ti presento i miei amici, Semën e Laza.»

«Piacere» disse Toni fissandoli negli occhi.

«Abbiamo saputo che sei nei guai con la legge e abbiamo una proposta da farti» spiegò la donna. «Noi ti forniamo un alibi inattaccabile e tu in cambio cedi a noi il tuo giro.»

Toni pensò di aver capito male, ma ci pensò l'altro serbo a togliergli ogni dubbio: «Al momento lavoriamo in strada e siamo interessati a fare un salto di qualità. Con le tue puttane possiamo arrivare a una clientela più ricca, abbiamo i mezzi per allargare il giro».

Il macrò era così sorpreso che non riuscì a trattenere una risatina. «Voi non siete in grado di gestire la mia *maison*» esordì. «Non ha nulla a che spartire con i vostri affari, le *mademoiselle* sono puttane diverse dalle vostre.»

«Ma sempre puttane sono» tagliò corto Jelena. Fece per alzarsi. «Mi sembra di capire che la nostra offerta non ti interessa.»

Toni pensò in fretta: gli stavano offrendo una via d'uscita e non poteva fare troppo il difficile, anche perché se fosse stato condannato avrebbe comunque perso l'attività. Toccava trovare un'altra soluzione. «Io gestisco la mia *maison* e vi passo una percentuale. È l'unica soluzione, perché le mie protette vanno trattate in modo diverso. E poi non accetterebbero mai di lavorare con voi.»

I tre erano visibilmente infastiditi dal suo tentativo di contrattare e reagirono da malavitosi. Toccò a Semën, che evidentemente era il braccio armato della banda, chiarire il punto. «Noi ti offriamo la salvezza e tu ci insulti dicendo che non siamo in grado di badare alle tue troie?» sibilò, alzandosi con fare minaccioso. «Mettiti in ginocchio e chiedi subito scusa a Jelena.»

«Non volevo mancare di rispetto» si difese Zanchetta, che iniziava a spaventarsi sul serio.

«In ginocchio» ripeté il russo, portando una mano dietro la schiena.

Era sicuro che fosse armato, e così Toni si affrettò a obbedire. La boss con un gesto veloce calmò le ire del suo tirapiedi.

«Sei un ingrato» disse poi a Toni in tono pacato. «Noi ti vogliamo salvare anche se sei colpevole e tu rifiuti il nostro aiuto.»

«Non c'entro nulla con la scomparsa della ragazza.»

«Invece sì» insisté Jelena. «L'hai accompagnata all'hotel, lei è scesa dall'auto, poi l'hai richiamata indietro.»

«È quello che pensano gli sbirri. Non hanno prove.»

«Hai detto bene. Ma quando si presenterà il nostro testimone finalmente avranno la certezza che manca.»

Toni si sentì gelare e capì di non avere scelta. Sapeva bene che quei tre non scherzavano. Lui stesso, anni addietro, si era comportato allo stesso modo. Pensava di essersi allontanato per sempre da quell'ambiente criminale violento, ottuso e implacabile, e invece eccolo di nuovo qui, a portargli via tutto.

Jelena passò a un tono quasi materno. «La libertà non ha prezzo» aggiunse. «E poi sei un professionista come noi, potrai ricominciare da un'altra parte, ci saranno dappertutto puttane pronte a lavorare per te.»

Toni pensò quasi in contemporanea due cose: che la boss aveva ragione e che lui era in trappola. Tuttavia non riusciva a comprendere fino in fondo perché stessero agendo in quel modo. «Per portarmi via gli affari potevate farmi fuori o usare il vostro fantomatico teste d'accusa. Non avevate bisogno di mettere in piedi questa sceneggiata.»

«Abbiamo imparato che è meglio fottere la concorrenza con il suo consenso» spiegò Jelena.

Di nuovo, più chiaro, inattaccabile, e per certi versi condivisibile di così non si poteva. "'Fanculo le *mademoiselle*, fanculo la *maison*, fanculo 'sti slavi del cazzo" pensò Zanchetta. «Quanto è inattaccabile l'alibi?»

I tre si scambiarono delle occhiate soddisfatte e iniziarono a ridacchiare. Ridevano di lui, della sua debolezza. Jelena si alzò e gli prese il volto tra le mani. «Ovviamente ci prendiamo anche i clienti e i contatti nei locali.»

Un paio d'ore più tardi il Francese era di nuovo per strada. Si sentiva svuotato, sconfitto, umiliato. Tentava di convincersi che era comunque una vittoria, la sua, perché avrebbe evitato il carcere, ma non ci riusciva.

Montò sul monopattino e prima di tornare nel suo rifugio passò da Isabelle. Non staccò il dito dal campanello fino a quando non vide illuminarsi il videocitofono.

«Che cazzo vuoi?» sibilò la donna.

«Metterti al corrente di quello che hai appena fatto» rispose il Francese, trattenendo a stento la rabbia. «Non hai voluto aiutarmi pur sapendo che sono innocente e ora le tue ex colleghe pagheranno per questo.»

La porta si spalancò. Una voce dal buio: «Che significa?».

Erano divisi da una cancellata e da una decina di metri di giardino. Toni era così furibondo che non si preoccupò di abbassare la voce, anche se a urlare così nella notte aggrappato alle sbarre sembrava un galeotto. Sapeva bene di essere ingiusto, ma non riusciva a controllarsi. «Non sono più mie. I nuovi padroni sono magnaccia all'antica, ed è tutta colpa tua.»

Isabelle aprì il cancello. «Smettila di gridare, vieni dentro.»

«Sei fortunata che non ti abbia aggiunta al pacchetto» gridò Toni prima di voltarsi e andarsene.

Riuscì a calmarsi solo quando cadde dal monopattino: guidava veloce e senza la minima attenzione e non fece in tempo a evitare una buca sull'asfalto, appena più profonda delle altre. Si sbucciò le mani e prese una gran botta alla schiena. Nulla di grave, ma il piccolo incidente lo costrinse a recuperare lucidità. Proseguì a piedi, nella notte calda e appiccicosa.

CINQUE

Una settimana più tardi, il Francese entrò in un ristorante a pochi passi dalla piazza principale di un paese del vicentino. Mancavano un paio d'ore all'apertura per il pranzo e la donna che dietro al bancone stava
asciugando i bicchieri gli indicò il retro con un cenno
del capo. Avrebbe voluto bere un caffè, ma era leggermente in ritardo. Eppure era partito presto, quella mattina, confondendosi con i pendolari di un treno regiona-
le diretto a Verona. Sceso a Vicenza, aveva viaggiato in
autobus fino al luogo dell'appuntamento guardandosi
continuamente alle spalle per il timore di essere seguito.

Scoprì di essere atteso da quattro uomini seduti intorno al tavolo di una piccola stanza senza condizio-
natore adibita a ufficio. Uno dei tizi – un quarantenne
di media statura dai modi compiti e il look griffato –
lo accolse con un mezzo saluto.

Il Francese lo aveva già incontrato a Padova due
giorni prima, ma anche allora non si era disturbato a
presentarsi.

«Mi manda Jelena» aveva tagliato corto, e lo aveva
interrogato sui suoi movimenti nel giorno della scom-

parsa di Claire. Forse era un avvocato, ma poteva anche provenire dalle forze dell'ordine o da una delle tante società che si occupavano di sicurezza. In ogni caso era uno che sapeva il fatto suo.

Gli altri tre uomini fissarono impassibili il macrò. Erano decisamente meno eleganti, uno di loro indossava una tuta, una maglietta macchiata e scarpe antinfortunistiche. Toni si domandò cosa potessero avere a che fare con la banda serba.

«Dopo aver lasciato Serena Perin all'hotel, lei ha preso l'autostrada fino al casello di Vicenza Est» iniziò a spiegare l'elegantone. «Poi ha percorso il tragitto fino a un parcheggio nei pressi del motel, dove ha trovato ad attenderlo il signor Costa Michele.»

«Sono io» chiarì uno dei tre sconosciuti alzando appena la mano. Poteva avere a occhio e croce sessant'anni.

«Il signor Costa è un mediatore e l'ha accompagnata con la sua auto, una Audi Q2 di colore grigio metallizzato, a vedere un terreno agricolo di 26.730 metri quadri di proprietà del qui presente Dal Farra Albino, di cui le ha proposto l'acquisto» aggiunse indicando il secondo dei tre, un tizio tarchiato e possente, con la faccia segnata da rughe profonde.

«Nel corso della visita lei è stato visto anche dal signor Ballarin Giampaolo, dipendente di Dal Farra» aggiunse, senza disturbarsi a indicare l'ultimo di quella malandata trinità.

«Io non mi sono mai occupato di terreni agricoli» fece notare il Francese.

«Ha iniziato quel giorno» lo corresse l'altro. «Infatti ha consegnato al signor Costa un assegno di 20.000

euro come caparra, e lui le ha rilasciato una regolare ricevuta.»

Toni infilò la mano nella giacca per prendere il libretto degli assegni. La vendita non si sarebbe mai conclusa e i soldi sarebbero finiti nelle tasche dei testimoni.

Il tizio con la cravatta obbligò tutti i presenti a ripassare più volte ogni singolo movimento e a imparare a memoria i dettagli. Poi liquidò i tre "testimoni", raccomandando loro di parlare a parenti e amici della vendita del terreno.

«Che succede ora?» chiese Zanchetta una volta che fu rimasto solo con il quarantenne griffato. «Questi signori si presenteranno dagli inquirenti?»

«No. Al momento potrebbe rivelarsi controproducente» rispose l'altro. «In questa versione dei fatti ci sono alcune imprecisioni legate alle celle telefoniche che rischierebbero di metterci in serio imbarazzo. Useremo la stessa tattica degli inquirenti: ci concentreremo sulla gente comune. L'importante ora è ribaltare il punto di vista dell'opinione pubblica, o quantomeno aprire crepe abbastanza significative da creare due schieramenti, mettendo in chiaro con la procura che la strada per la corte d'assise è diventata impervia.»

Toni allungò la mano, ma l'altro lo ignorò. «In sala c'è una signora che l'attende per pranzo.»

«Non capisco.»

L'esperto di alibi ebbe un moto di stizza. «Magari è stato abbastanza abile da non farsi seguire, ma decine di telecamere hanno immortalato il suo volto lungo il tragitto. Per evitare domande imbarazzanti, le abbiamo procurato un motivo valido per il viaggio di oggi.»

«D'accordo» disse Toni, ammirato per la cura dei dettagli, che, come scoprì subito, era addirittura eccessiva.

«Poi andrete a casa della donna e lì consumerete un rapporto sessuale. Lei si premurerà di documentare la nudità della partner con un paio di foto che conserverà nel cellulare. Dopodiché si farà accompagnare alla stazione di Vicenza. Il tutto le costerà mille euro.»

Il Francese era rassegnato all'idea trovarsi di fronte una professionista di basso livello legata alla banda Ristović, quindi non riuscì a nascondere la propria sorpresa quando al suo tavolo si ritrovò una quarantenne che sembrava appena uscita dall'ufficio. Disse di chiamarsi Lorella Sinico e Toni intuì che era il suo vero nome; capì anche che la donna ignorava il vero motivo che lo aveva portato in quel ristorante. Era convinta di trovarsi di fronte al cliente che l'aveva contattata sul sito in cui promuoveva la sua attività.

Il Francese si rilassò. L'alibi che gli era stato fornito era più che soddisfacente e poteva anche festeggiare la prossima liberazione dall'incubo in cui era sprofondato con una bella scopata. Lorella gli piaceva, era simpatica, spigliata e arguta. Evitava le banalità come il caldo opprimente e il governo ladro e lo spingeva abilmente a parlare di sé. Non pretendeva certo la verità: solo quel piccolo mondo di bugie che gli uomini si inventano per farsi belli con le puttane. Toni, però, mentre sceglieva una storiella dal suo repertorio colse uno strano sguardo nella donna, e iniziò a sospettare che lei conoscesse la sua identità. D'altronde, la sua foto circolava su giornali e social.

«Un tempo ero un macrò» disse quindi, deciso a giocare a carte scoperte.

«Lo so, ho riconosciuto il nome quando mi hai contattato.»

E così l'uomo che gli stava salvando il culo per conto della Ristović aveva prenotato una puttana usando il suo vero nome. Di solito era qualcosa che si evitava accuratamente, ma dovendo costruire un alibi era una scelta più che comprensibile.

«E non hai paura che faccia sparire anche te?» chiese.

Lei sorrise. «Mi hanno detto che posso fidarmi.»

Se fosse stato ancora un imprenditore del ramo, il Francese avrebbe cercato di convincerla a lavorare nella *maison*. Ora invece si sorprese nel rendersi conto che gli piaceva godere della sua compagnia. Furono gli ultimi a lasciare il locale, e una volta giunti all'auto di Lorella l'ex macrò si sentì in dovere di mettere le cose in chiaro: «Sono stato molto bene, non è necessario andare a casa tua».

«Non ti piaccio?»

«Sei bella davvero, ma non voglio costringerti a lavorare. Puoi accompagnarmi a Vicenza anche adesso.»

«Ho bevuto un paio di bicchieri e non è il caso di guidare» ribatté la donna in tono sornione. «E poi non ti ho ancora raccontato la storia della mia vita...»

Lorella viveva a qualche chilometro dal paese, in un vecchio casolare ristrutturato circondato da un ampio giardino dove spiccavano tre grandi ciliegi. Non si comportò come una professionista, nel senso che non si affrettò a spogliarsi e a slacciargli la cinta. Preparò un caffè, invece, e lo servì con dell'ottima grappa e biscottini fatti in casa. Chiacchierarono e ascoltarono musica – le piacevano gli Stadio – fino a quando non gli chiese quando si sarebbe deciso a baciarla. Nonostante la professione, Toni era piuttosto arrugginito, ma Lorella non aveva nessuna fretta. Il Francese non se l'aspettava, non dopo aver insegnato alle sue *mademoiselle* che il tempo è denaro, e che se il cliente è lento bisogna conoscere tutti i trucchi per aiutarlo a concludere in fretta.

Diverse ore più tardi, al momento di scendere dall'auto davanti alla stazione, lui le infilò nella borsa il denaro pattuito e aprì la portiera. Lei lo trattenne e pretese un altro bacio – ma non fu quello distratto dovuto al cliente dopo il pagamento. Era un addio pieno di tristezza, del genere che si dedica alle occasioni mancate. Un gesto che ebbe il potere di turbarlo.

«Dove sei stata fino adesso?» le chiese prima di scendere, senza nemmeno aspettare la risposta.

Il fotografo era pronto al portone d'ingresso del giornale. Scattò al Francese una raffica di istantanee, poi lo seguì in ascensore, insistendo sui primi piani. Toni venne accolto dal suo amico cronista, che sotto gli occhi curiosi dell'intera redazione lo condusse in una sala riunioni, eccitato come un bambino. Il macrò gli aveva offerto su un piatto d'argento l'occasione professionale più importante della sua carriera, un vero scoop che lasciava al palo le testate concorrenti: il sospettato principale della scomparsa e dell'omicidio di una giovane e bella ragazza veneta raccontava la sua verità.

All'inizio, quando Toni l'aveva contattato, il giorna-

lista aveva alzato una barriera di diffidenza e riluttan-
za perché temeva di essere usato dal macrò come mossa disperata, invece ogni remora era svanita appena il
Francese aveva accennato a testimoni incensurati e documenti da esibire. Il tizio senza nome incaricato di costruire il suo alibi era convinto che pubblicare la foto
dell'assegno avrebbe convinto parecchia gente a cambiare idea: il potere della concretezza del denaro di fronte a pure ipotesi nel corso di un'indagine.

Mentre il cronista preparava il registratore arrivò il
vicedirettore. «Sia chiaro che noi non appoggeremo in
nessun modo le sue dichiarazioni. Le diamo solo la possibilità di discolparsi, e tutto quello che dirà sarà vir-
golettato. Capisce quello che intendo?»

«La responsabilità di quanto affermato sarà mia e
solo mia.»

Il capo annuì e se ne andò soddisfatto.

«Stai tranquillo» sussurrò il cronista prima di avvia-
re la registrazione. «Non vede l'ora di prendere per il
culo gli "altri" in piazza all'ora dell'aperitivo.»

«Mi chiamo Antonio Zanchetta, detto Toni» attaccò
il Francese. «In questi giorni sulla stampa e sui social
il mio nome viene associato a quello di Serena Perin,
ragazza scomparsa in circostanze misteriose. La famiglia teme per la sua vita, e non è escluso che le possa
essere accaduto qualcosa di orribile. Ma io sono totalmente estraneo, e lo posso provare...»

Ancora una volta Toni Zanchetta fu il primo cliente dell'edicola. La sua intervista si era conquistata il titolo in prima pagina, tutta la seconda e tutta la terza.

"Buongiorno stronzi, ora tocca a me" pensò mentre tornava al suo rifugio.

Rimase in attesa degli eventi seguendo i notiziari delle emittenti locali e i social. Nemmeno due ore più tardi il fronte che sosteneva l'ipotesi di un complotto ai danni di un innocente stava già prendendo corpo.

Poco prima di pranzo lo chiamò l'avvocato.

«Una controffensiva con i fiocchi» si complimentò il legale. «Sto ricevendo un sacco di elogi che non mi competono e ti ringrazio di non avermi voluto coinvolgere.»

«Cosa pensi che succederà?»

«Credo che l'Ardizzone verificherà il tuo alibi alla ricerca di una smentita clamorosa. Se non riesce a smontarlo nel giro di un paio di giorni al massimo, i pezzi grossi le ordineranno di concentrarsi sulle ricerche.»

«La mia versione dovrebbe reggere.»

«Me lo auguro. Piuttosto, ho un altro messaggio per te: una bella rossa si è presentata allo studio.»

«Portava una protesi al braccio sinistro?»

«Più che altro ho notato la mano rigida che spuntava dalla camicetta. Era sconvolta, ha detto che deve assolutamente parlarti. In realtà non sembrava tanto ben disposta nei tuoi confronti.»

«È una pazza, lascia perdere» tagliò corto il macrò, e riappese.

Isabelle si stava rivelando un problema. Del resto Toni non poteva lamentarsi, dato che era stato lui a rimetterla in gioco.

Sgusciò fuori dal palazzo per raggiungere una delle ultime cabine telefoniche rimaste in città dalle parti della stazione degli autobus. Il piazzale antistante era pieno di studenti e pendolari e un gruppetto di sedicenni impegnato in una serie di scherzi telefonici occupava la sua destinazione finale. Per un attimo il macrò fu tentato di alzare la voce per farli smammare, però la stazza da bulli di un paio di ragazzotti lo convinse a desistere. Dovette aspettare più di venti minuti prima che i teppistelli corressero verso la loro fermata ridendo di gusto.

«Perché mi cerchi?» chiese appena lei rispose, senza disturbarsi a salutare.

«Tu non sai che cazzo hai combinato per salvare il tuo misero culo» gridò Isabelle. «Sono finite all'inferno, e ora devi rimediare.»

Toni era convinto che il destino delle sue ex protette non lo riguardasse, ma la *maison* in fondo era una sua creatura e la curiosità, anche se fuori luogo, era legittima.

«Come hai potuto essere così spregevole?» sbraitò lei. «E non venirmi a dire che è tutta colpa mia!»

Il Francese non ribatté: aveva bisogno di conoscere la situazione. «Chi gestisce la *maison*?»

«Una certa Chantal» rispose Isabelle, che non poteva conoscerla dato che aveva mollato prima che l'altra arrivasse. «Ma è solo un burattino, a sentire Valérie. Chi comanda è il suo uomo, un russo.»

"Semën Dmitriev" ragionò Toni. Non poteva essere che lui. «Che altro ti ha detto?»

«Che ora sono costrette a offrire coca ai clienti. Il russo rifornisce Chantal, che a sua volta la distribuisce alle ragazze.»

Un altro tassello andò al suo posto, e il macrò capì finalmente chi era il pusher di cui Chantal non voleva dire il nome. Questo significava che la banda di Jelena Ristović aveva pianificato da tempo di impadronirsi del suo giro. Avrebbe voluto prendere a testate il muro per quanto era stato fesso: se una delle tue puttane ha contatti con lo spaccio non puoi accontentarti della sua parola. La verità era che aveva smesso di essere guardingo come un tempo, convinto che a nessuno interessasse la sua modesta impresa. Aveva scordato che i nuovi arrivati, soprattutto dall'Est europeo, volevano arraffare tutto quello che trovavano sul loro cammino come un'orda di barbari.

«Che altro ti ha detto Valérie?» Toni ricordava che lei e Isabelle erano molto unite ai tempi in cui stavano tutte e due alla *maison*, ed evidentemente dopo gli ultimi casini si erano sentite parecchio.

«Stanno perdendo tutti i vecchi clienti e presto saranno costrette a lavorare a livelli più bassi» confessò Isabelle.

«Non capisco perché non riescano a sfilarsi dal giro.»

«Le hanno terrorizzate con il vecchio metodo: a una a una sono state prese, violentate dalla banda per una notte e poi riaccompagnate a casa con la promessa che al primo sgarro si sarebbero vendicati. Lo sai anche tu come funziona. Quante volte lo hai fatto?»

Il Francese non rispose, ma Isabelle aveva ragione. Ai vecchi tempi gli era capitato più di una volta di rimettere in riga puttane ribelli. Botte, stupri, minacce. Ed era così bravo che le varie organizzazioni per cui aveva lavorato affidavano sempre a lui il compito.

«Cosa pensi di fare?» insisté la donna.

Toni decise di essere sincero. «Nulla.» E riattaccò.

SEI

La città, nonostante l'ora tarda, era ancora sveglia. I locali avevano abbassato le saracinesche, ma il caldo sof-
focante spingeva le persone a stare fuori di casa, a impadronirsi delle belle piazze del centro.

Zanchetta ne approfittò per passeggiare: vivere mezzo nascosto stava diventando difficile. Era abituato a incontrare tanta gente, a chiacchierare con tutti. E anche
se false e superficiali, quelle conversazioni riempivano
comunque la sua giornata. E spesso anche le tasche. La
vecchia vita gli mancava, e quella nuova, tutta da costruire, era un'incognita che lo impauriva.

L'alba lo sorprese seduto sulla scalinata di una chiesa,
un posto tranquillo e sicuro dove attendere l'apertura
delle edicole. La mossa per discolparsi con l'esclusiva al
quotidiano dove lavorava il suo amico giornalista non
poteva essere passata sotto silenzio, e infatti la testata
concorrente non aveva perso tempo e reagiva all'onta
di aver subito uno scoop dagli avversari con un'intervista al commissario Ardizzone.

La poliziotta, indignata e offesa, continuava a sostenere

la colpevolezza di Zanchetta, affermando che i cosiddetti "testimoni a discarico" erano falsi e prezzolati. La prova che si trattasse di un alibi costruito a tavolino era secondo lei il ritardo con cui il sospettato l'aveva presentato.

Il Francese si spaventò, soprattutto per i toni duri e sprezzanti con cui l'Ardizzone liquidava il suo "misero tentativo di sottrarsi alla corte d'assise", e appena gli fu possibile interpellò il suo legale.

«Stai tranquillo» lo rassicurò l'avvocato. «Ho appena saputo che il commissario non aveva informato l'ufficio stampa della questura e quindi ha violato il regolamento, cosa che le costerà una bella lavata di capo. Ma soprattutto si è lasciata prendere la mano e ha oltrepassato i limiti con affermazioni giuridicamente discutibili. Ho chiesto e ottenuto di poter controbattere con una lettera che apparirà domani. E l'inserto di un quotidiano nazionale ospiterà l'intervento di un docente di diritto di chiara fama. L'Ardizzone, alla fine, ci ha fatto un favore.»

Come previsto dal legale la polemica si esaurì in fretta, da un lato perché l'aspetto giuridico era complesso e non adatto a venir discusso al bar, dall'altro perché l'esodo di agosto svuotava la città e i giornali dovevano orientarsi verso temi da spiaggia, leggeri.

Toni decise di restare. Non sapeva dove e con chi andare in vacanza. Di solito si rifugiava in un resort al mare o in montagna in compagnia di due o tre *mademoiselle*, quelle che non avevano famiglia o altri legami. Erano sempre settimane divertenti e riposanti: dato che era vietato parlare di lavoro, Toni e le ragazze fingevano di essere un gruppo di amici che ogni anno organizzava un viaggio per stare insieme, lontani dalle famiglie. La formula funzionava e conoscevano sempre persone interessanti con cui condividevano gite e serate. Il sesso ovviamente era ammesso, ognuno si guardava attorno se ne aveva voglia. A lui piaceva darsi arie da conquistatore e tra le sue protette si era guadagnato il soprannome di "vincere facile" perché si buttava sempre sulle cinquantenni.

Zanchetta fu costretto a organizzarsi per sopravvivere al periodo. Frugava in rete alla ricerca di concerti e sagre sparsi per tutta la regione e li raggiungeva macinando chilometri su chilometri. La distrazione resisteva il tempo della sera, però, perché ogni mattina si svegliava immancabilmente angosciato. E accendeva subito la radio. In passato non l'aveva ascoltata quasi mai, considerandola un'abitudine d'altri tempi, adesso invece gli piaceva, si rilassava seguendo le trasmissioni del mattino, gli interminabili dibattiti su temi, seri o frivoli, di cui spesso non aveva mai nemmeno sentito parlare. D'altronde, si diceva, uno tutto casa e lavoro come lui non aveva il tempo di occuparsi del resto del mondo.

Approfittò del periodo per cambiare aspetto e sottrarsi così a una notorietà indesiderata: capelli molto corti, barba folta e ben curata, look sportivo. In tutta la sua vita non aveva mai calzato un paio di sneakers e ora invece non indossava altro sotto gli odiati jeans. Da quando era finito sotto i riflettori non frequentava più i locali del centro: quando aveva voglia di bere un aperitivo e di scambiare chiacchiere inutili con sconosciuti si spostava in periferia e variava spesso destinazione.

Essere diventato un fantasma lo faceva sentire al sicuro. Per lo stesso motivo continuava a vivere nell'appartamento dove si incontrava con Angela. La presenza dell'amante aleggiava nell'aria, ogni dettaglio gli ricordava aneddoti e bei momenti. Non ne aveva nostalgia, però. Conoscendola, Toni era quasi certo che Angela sarebbe stata più che disposta a riallacciare i rapporti, ma era anche consapevole di quanto lei fosse legata all'immagine del macrò che la eccitava raccontandole aneddoti sulle *mademoiselle*, esibendone i corpi come trofei. No, di sicuro non avrebbe funzionato più come prima.

E poi non riusciva a togliersi dalla mente Lorella. Ogni tanto la tentazione di contattarla diventava quasi insopportabile, poi subito subentrava la razionalità: Toni era convinto che lei lo avrebbe rifiutato anche come cliente e sentiva di non avere più la forza di affrontare altre sconfitte. Possedeva denaro a sufficienza per trasferirsi ovunque desiderasse, ma fino a quel momento non aveva preso in considerazione nessuna opzione.

A settembre, quando la città riprese i ritmi di sempre, il Francese si decise ad ammettere con se stesso che la ragione di questa immobilità era una sola, Claire.

L'assenza di ulteriori sviluppi investigativi e la cronaca nera nazionale, sempre piena di nuovi casi, stavano relegando in fretta nel dimenticatoio la scomparsa della giovane ragazza di provincia dalla vita equivoca.

Il commissario Ardizzone era uscito a pezzi dalla famosa intervista. Il difensore del Francese aveva saputo che la poliziotta era tornata all'attacco con il procuratore capo in un paio di occasioni, chiedendo l'apertura di un'indagine sui testimoni a discarico, ma aveva ottenuto solo secchi rifiuti. Nessuno era disposto a correre il rischio di figuracce per un caso di scarsa importanza, ancor meno ora che l'opinione pubblica cittadina aveva accusato in più di un'occasione le forze dell'ordine di aver perso tempo a perseguitare un innocente – seppure pendaglio da forca –, rinunciando a cercare la ragazza.

Tesi abbracciata anche dalla madre di Serena, che si era presentata in procura esibendo il cartello DOV'È MIA FIGLIA? Era l'unica della famiglia Perin a cercarla. Vagava tra la questura e il tribunale chiedendo notizie a investigatori e giudici, ma a casa nessuno la appoggiava. La vergogna li aveva sopraffatti, il padre era travolto dalla delusione di essere stato ingannato.

Un paio di trasmissioni ogni tanto rilanciavano l'argomento, mostrando le fotografie di Claire e appellandosi ai telespettatori, e Toni era sempre lì inchiodato davanti allo schermo, nella speranza in qualche buona notizia. Il suo nome non veniva più citato dopo la raffica di querele sparate dal suo avvocato, adesso veniva ricordato come "il macrò sospettato e poi scagionato".

Le ipotesi sulla fine di quella bella ragazza si sprecavano ed erano una più fantasiosa dell'altra, ma la realtà restringeva inesorabilmente il campo: era stata rapita e uccisa. E bisognava solo augurarsi che fosse accaduto in fretta.

A forza di ripensare agli avvenimenti con la tranquillità di chi non rischia più il carcere o il linciaggio da parte di un gruppo di giustizieri ubriachi, il Francese aveva maturato il sospetto che dietro alla scomparsa della sua protetta ci fosse l'organizzazione di Jelena Ristović.

In quel caso era probabile che non l'avessero ammazzata ma trasferita clandestinamente in qualche scannatoio all'Est. D'altra parte, però, era poco credibile che si fossero presi il disturbo di architettare un piano così complesso: avrebbero dovuto conoscere ogni sua mossa, pedinarlo fino a individuare con precisione il momento giusto in cui agire. Solo lui e Claire conoscevano la destinazione di quell'ultimo appuntamento. Il Francese non aveva condiviso l'informazione e nemmeno la ragazza, almeno secondo i tabulati del suo cellulare.

Chiunque avesse portato via la sua *mademoiselle* doveva averli seguiti. Chissà da quanto tempo spiava la sua vittima. Toni non si era mai accorto di nulla. Ancor di più, però, si rimproverava per il fatto che la vita di Serena fosse un tale buco nero... Il Francese si era concentrato solo sulla costruzione del personaggio e sul denaro che lei gli faceva guadagnare, trascurando la complessità della persona che credeva di gestire, proteggere. Era il limite di una struttura come la *maison*: ogni prostituta doveva seguire un proprio percorso di crescita e perfezionamento, ma si trattava di un impegno gravoso per una persona sola. Toni accarezzava da tempo l'idea di assumere una collaboratrice, una *maîtresse* che si occupasse di alcuni aspetti più adatti a una figura femminile. Il problema era finanziario: sarebbe dovuto arrivare a una scuderia di almeno venti *mademoiselle* per potersela permettere. In altri tipi di organizzazioni questo genere di ragionamenti era inconcepibile: le protette dovevano solo rispettare il guadagno giornaliero previsto, altrimenti erano botte. Un meccanismo elementare che gli era fin troppo famigliare.

Continuava a ragionare come un macrò anche se l'idea di tornare a esercitare il mestiere non lo sfiorava nemmeno. Si era addirittura disfatto delle utenze telefoniche che usava per lavoro, proprio per evitare di essere contattato da clienti e donne in cerca di occupazione. Provava vergogna per il fallimento professionale ed essere diventato quasi invisibile rendeva meno dura la situazione.

Claire, però, non riusciva a togliersela dalla mente. Continuava a rivedere la scena immortalata nel video di sorveglianza dell'hotel in cui lei camminava sotto la pioggia, all'improvviso si voltava e tornava indietro.

Quella mattina si era svegliato poco dopo le sette pensando a questi frammenti e si era ricordato che Ionat, il portiere, gli aveva consegnato un cd con la copia della registrazione. E ora era inchiodato allo schermo del computer, nel tentativo di trovare qualche indizio. Maledisse l'ombrello che gli impediva di osservare il volto di Claire per cercare di capire le sue intenzioni, e tale sconforto gli provocò una fitta quasi dolorosa alla bocca dello stomaco.

Si preparò un caffè e si vestì con calma. Si guardò allo specchio che teneva appeso all'ingresso, cercando di appigliarsi a una lunga serie di motivi seri e fondati per rimanere a casa, ma non riuscì a trovarne uno solo valido. Era arrivato il momento di smettere di nascondersi.

Maura Mazzoleni, la coinquilina di Serena, all'inizio non lo riconobbe.

«Sono Toni.»

«Che vuoi?» chiese subito la ragazza, mentre il sorriso di circostanza che per un attimo era affiorato sulle sue labbra si spegneva.

«Vorrei parlarti. Posso entrare?»

Maura si prese del tempo. Glielo si leggeva in faccia, che stava cercando una scusa credibile. Il Francese ne approfittò per sbirciare all'interno dell'appartamento, notando degli scatoloni.

«Traslochi?» chiese.

«Più che altro torno al paese. Non riesco a permettermi un affitto così alto.»

«Potrei pagarlo io.»

Zanchetta colse l'espressione spaventata di Maura e si affrettò a chiarire: «Non sto cercando una sostituta di Serena. Con quel mestiere ho chiuso».

«E allora cosa sei venuto a fare?»

«Voglio provare a cercarla. Con il tuo aiuto.»

«E perché dovresti? Ormai te la sei cavata…»

«Sei convinta che sia io il colpevole?»

«Non lo so. Quando sei venuto a chiedere di lei, quel pomeriggio, sembravi sinceramente preoccupato, ma il commissario Ardizzone mi ha detto di non farmi incantare, che sei bravo a recitare e basta.»

Il Francese sospirò. «Ho una proposta da farti, tutto qui. Il tempo di un caffè.»

La ragazza finalmente si spostò per lasciarlo entrare.

Mentre Maura preparava la moka, Toni ne approfittò per dare un'occhiata alla camera di Claire. Era vuota. Si avvicinò furtivamente al battiscopa, lo staccò dalla parete e recuperò i rotoli di banconote che aveva scoperto nel corso della rapida perquisizione il giorno della sua scomparsa: i risparmi di Claire.

Un paio di minuti più tardi Maura lo raggiunse. «I suoi hanno portato via tutto» gli spiegò.

Si spostarono in salotto e Toni la tempestò di domande nel tentativo di ricostruire la quotidianità di Serena quando poteva essere solamente se stessa e non Claire, la ex modella del bel mondo.

La coinquilina rispondeva puntualmente di non sapere nulla. «Parlavamo solo delle cose di casa, e di quel che succedeva al paese. Lei voleva tenermi lontano dalla sua vita, ma anche stare lontana dalla mia. Per dire, ogni tanto le raccontavo dell'università o delle persone che frequentavo e lei cambiava sempre discorso.»

«Secondo te perché?»

«Non voglio parlare male di lei, ma Serena aveva qualcosa che non andava.»

Toni la interruppe: «Ne parli al passato».

«Perché è morta» ribatté l'altra, sorpresa. «Sono passati cinque mesi, ormai, dove vuoi che sia andata? Non era capace di affrontare la vita da sola, aveva sempre bisogno di qualcuno che si occupasse di lei. Persone come te.»

Toni non raccolse la provocazione. «Se ne rendeva conto, di questa cosa. Ripeteva sempre che il miglior consiglio che aveva ricevuto in vita sua era stato quello di sposarsi. Gliel'aveva dato sua madre.»

«Magari il malumore delle ultime settimane dipendeva da una delusione amorosa.»

«Forse, ma non abbiamo la minima idea di chi frequentasse» rispose lui.

Maura bevve un sorso di caffè. «So che sembro esagerata, ma capivi sempre se si preparava per il lavoro dal modo in cui si truccava. Quando usciva per le cose sue voleva sembrare una ragazza di ventitré anni. Non stava dietro ai social, qui non portava nessuno…»

Toni provò la solita punta di senso di colpa per non aver parlato a Claire quando doveva, quanto doveva.

Maura sembrò accorgersene. «Rassegnati» disse. «E lascia che se ne occupi la polizia.»

Tanto bastò perché Toni si riscuotesse. «Non farà un bel niente: saremo noi a darci da fare» disse tirando fuori uno dei rotoli che aveva sottratto dalla camera di Claire. Tolse l'elastico e contò diverse banconote. «Ti pago l'affitto e ti mantengo fino a quando non ti laurei» continuò il Francese. «Ma ora mi serve che lanci sui social un appello per ritrovare Serena. Offrirai fino a cinquemila euro a chiunque dia informazioni utili.»

«Tu sei pazzo.»

«Girerai un video con il cellulare. Dirai che ti manca tantissimo, che solo ora ti rendi conto di quanto poco la conoscevi.» Strofinò le banconote. Il fruscio era perfettamente udibile. «Il denaro tenterà gli onesti e i disonesti, ma è l'unico modo per avere qualche risposta.»

«Non è mica detto che chi ha fatto del male a Serena appartenga alla parte della sua vita che lei teneva nascosta…»

«Lo so» ribatté il Francese. «E non è nemmeno da escludere che i responsabili vadano cercati nell'ambiente della prostituzione, ma possiamo almeno sperare di scoprire perché era così triste, ingrugnita e scorbutica negli ultimi tempi.»

Maura annuì. «Io mi occupo dell'appello, alle e-mail però risponderai tu.»

«D'accordo.»

«Parlavi sul serio quando accennavi a pagarmi l'affitto e a mantenermi?»

«La verità non ha prezzo» rispose Toni, come se stesse giurando sulla Bibbia. «Quanto ti serve?»

Il Francese si sentiva generoso, da un lato perché il denaro che elargiva non gli apparteneva, dall'altro perché per la prima volta stava agendo concretamente, dopo mesi in cui aveva soltanto subito gli eventi.

Lasciò la casa ma non il quartiere. Perlustrò a piedi il primo tratto di strada che quel giorno aveva percorso in auto, controllando le facciate e gli incroci alla ricerca di telecamere. Qualcuna c'era, però erano tutte private. Questione di tempo e anche la periferia sarebbe stata invasa dagli obiettivi indiscreti, perché la sorveglianza piaceva a ogni bravo cittadino – anche nel sesso, a volerla dire tutta. Un imprenditore del settore degli arredi per bagno richiedeva regolarmente i servizi di Solange, una delle sue ex protette. Bassa, minuta, occhiali dalla montatura spessa, tailleur vivaci e scarpe col tacco vertiginoso, Solange impersonava la tipica segretaria feticcio vintage, e al cliente piaceva farsi sedurre mentre la moglie seguiva la scena dal maxischermo del televisore nella stanza accanto.

La pista delle riprese video poteva rivelarsi decisiva, ma forse era trascorso troppo tempo, e comunque solo la polizia poteva richiedere di visionare le registrazioni.

Maura mantenne la promessa. Era una ragazza con la testa sulle spalle, e la prospettiva di potersi tenere la casa fino alla laurea l'aiutò a esprimere al meglio le scarse doti recitative. Il video non era granché, ma almeno sembrava sincera e l'idea di girarlo nella stanza vuota, occupata un tempo da Claire, era decisamente azzeccata.

"Qui dormiva Serena: ora non c'è più nulla che la ricordi, ma io non riesco a dimenticarla. E mi rendo conto che sapevo ben poco di lei. È stato detto e scritto che si prostituiva, non è questo aspetto della sua vita che mi interessa... Vorrei conoscere quella bella ragazza di ventitré anni che ora ci ha lasciati per sempre. Sì, sono convinta che qualcuno le abbia fatto del male e che non la rivedremo mai più. Per questo vorrei parlare di lei con persone che la frequentavano, anche nella speranza di scoprire elementi che possano aiutare la polizia nelle indagini. Ecco perché ho deciso di offrire cinquemila euro in cambio di informazioni decisive. Sono tutti i miei risparmi. Vi prego, aiutatemi. Se avete conosciuto Serena scrivete a questo indirizzo e-mail..."

Toni chiamò il cronista di fiducia: «Sei davanti al computer?».

«È il destino della mia vita.»

«Allora vai a dare un'occhiata alla pagina Facebook di Maura Mazzoleni, la coinquilina di Serena Perin. Magari riesci a bruciare la concorrenza per la seconda volta.»

L'altro seguì il consiglio e dopo aver visto il video tornò al cellulare. «Tu la conosci. Sei in grado di garantirmi un'intervista esclusiva?»

«Ci provo» gongolò Toni. Maura poteva contare su pochi amici, e anche se tutti avessero condiviso l'appello si sarebbe diffuso lentamente. Lui invece aveva bisogno che diventasse virale e il quotidiano si sarebbe prestato volentieri a fare da cassa di risonanza. Ormai stampa e social non facevano altro che rincorrersi.

Avvertì la ragazza. «Non devi fare altro che ripetere quello che hai detto nel video, cerca solo di essere più triste per la sua assenza.»

«Lo sono» replicò piccata.

«Non ho dubbi, ma i giornalisti sono incontentabili.»

Toni aveva evitato con cura di spiegarle che il rapporto con i media non si sarebbe limitato a una semplice intervista. Più di un giornalista o di una troupe televisiva avrebbe suonato al campanello di casa, anche solo per filmare la camera vuota. D'altro canto, il compenso che avrebbe intascato era più che sufficiente per sopportare certi fastidi.

Poco dopo uscì a rifornirsi di provviste. Si aspettava di dover rimanere attaccato parecchio alla casella di posta, che di certo sarebbe stata presto invasa da messaggi.

A poche centinaia di metri di distanza c'era il mercato circondato da ottimi negozi, ma preferì dirigersi verso la prima periferia. Non si sentiva ancora pronto a rischiare che qualcuno lo riconoscesse, anche se onestamente non era facile con il nuovo aspetto, che aveva avuto modo di perfezionare imparando a frequentare i negozi giusti, quelli delle marche più apprezzate. Conoscenti incontrati per strada non lo avevano degnato di uno sguardo.

Era successo anche con Pierrette, l'ultima arrivata nella sua *maison*. Il personaggio era un'invenzione della ragazza: la pasticciera. All'inizio il Francese aveva storto il naso ma lei lo aveva convinto a provare, dimostrando di avere fiuto. Riceveva i clienti esclusivamente in residence muniti di cucina e li coinvolgeva nella guarnizione di torte traboccanti di panna e creme. Era stato un successo. Prima di dedicarsi alla professione era una casalinga che trascorreva i pomeriggi solitari attaccata ai programmi di cucina, coltivando la fantasia di ricevere uomini a cui offrire dolci e sesso. Poi il matrimonio era andato in pezzi, perché lei era sterile e il marito non riusciva a sopportare un futuro senza figli. E le aveva rifilato un bel calcio in culo. Una storia come tante altre... Con l'unica differenza che Pierrette sul lavoro fingeva di essere esuberante e allegra, ma poi nella vita reale era incapace di relazionarsi con il resto del mondo. Continuava a essere innamorata del marito. Toni, esasperato, le aveva mostrato delle fotografie che ritraevano l'ex consorte in compagnia di un'altra, ma lei aveva alzato le spalle: «Era l'uomo della mia vita, e non ne troverò mai un altro». Tanti anni di prostituzione avevano insegnato al Francese che le puttane solitarie fanno sempre una brutta fine: la bottiglia o le polverine diventano l'unica opzione possibile per affrontare l'infelicità e l'amarezza.

Chissà come stava adesso, si chiese Toni. La conosceva poco, ma era comunque certo che fosse la meno adatta tra le sue *mademoiselle* a sopportare i metodi della banda serba.

L'arrivo di un sms lo distrasse dalle riflessioni sulla sua ex protetta. Era il giornalista, che lo ringraziava per aver interceduto con Maura e lo avvertiva che il giornale, per conservare il vantaggio, aveva deciso di pubblicare la notizia sulla testata online. Toni non poteva sperare di meglio: significava che i tempi di diffusione sarebbero stati più rapidi.

Tornando a casa carico di buste della spesa si fermò in un bar molto frequentato a bere un bicchiere di prosecco e ad annusare l'aria che tirava. Un avventore commentò i cinquemila euro della ricompensa, un altro canzonò la barista sostenendo che il marito si trombava la ragazza scomparsa. Ovviamente intervenne l'immancabile appassionato di complotti, che iniziò a suggerire scenari improbabili.

Zanchetta non era affatto stupito della reazione, anzi, ne approfittò per sbocconcellare mezzo panino alla porchetta di Treviso, gustandosi le chiacchiere feroci della gente che non risparmiavano niente e nessuno. Erano negozianti, impiegati, pensionati con la fedina pulita – quello era il mondo reale, esattamente lo stesso che lo aveva stipendiato in quei tanti anni, e che accettava il suo ruolo nella società. Tutto il resto era fuffa.

Tornato a casa e sistemata la spesa, non resistette alla tentazione di dare un'occhiata alla posta. Cinquantanove e-mail. Mica male come inizio, anche se la lettura si rivelò una perdita di tempo. La maggior parte delle persone che avevano risposto all'appello appartenevano alla categoria dei pazzi, dei disagiati, dei mitomani. Confessioni dettagliate, accuse al vicino di casa, al capufficio, al parroco. Richieste di foto intime di Claire.

Tre, invece, erano professionisti della truffa, di cui la città vantava una discreta scuola. Una testimonianza era persino abbastanza convincente da spingere il Francese a verificare, ponendo domande a cui poteva rispondere solo chi conosceva veramente Serena.

Continuò a ore alterne fino a sera, quando quasi non si rese conto che qualcuno aveva suonato il campanello. Toni era sorpreso, tanto più che il videocitofono mostrava una strada deserta. Un istante dopo sentì bussare imperiosamente alla porta, segno evidente che il misterioso visitatore attendeva sul pianerottolo.

Quando appoggiò l'occhio allo spioncino venne preso dal panico.

«Apri, Zanchetta» ordinò il commissario Ardizzone. «Lo so che mi stai guardando.»

Abbassò la maniglia, rassegnato ad affrontare gli sbirri. Anzi: la sbirra. L'Ardizzone era sola.

Il commissario entrò e iniziò a perlustrare l'appartamento. Toni notò che non aveva il solito look castigato. Gonna corta e di buon taglio, stivali al ginocchio e un blazer rosso. Era anche ingioiellata più del solito.

«Smettila di fissarmi» sbottò la donna. «Ero fuori servizio quando mi hanno chiamato i colleghi della postale per dirmi dove ti nascondevi.»

Il Francese si diede del coglione: non aveva pensato che avrebbero potuto risalire a lui tramite l'indirizzo IP. Era stato attento quando aveva telefonato a Maura per avvertirla di togliere la SIM dal cellulare, ma non era bastato. «Immagino sia stata la Mazzoleni a dirle che sono coinvolto in questo tentativo di ricerca.»

La poliziotta non rispose e continuò a girare per l'appartamento, aprendo cassetti e ante degli armadi. Trovò la lingerie di Angela ma non fece commenti. «Dunque è qui che ti sei nascosto tutto questo tempo. L'affittuario è un prestanome e domani stesso gli strizzerò le palle.»

«Non è al corrente della mia presenza. È convinto che venga usato da una sua amica per incontrare l'amante.»

«L'uomo sei tu, questo è chiaro, ma la fanciulla? Non deve essere una che sfrutti, altrimenti non vi sareste presi tanto disturbo.»

«Non posso fare il suo nome, e le assicuro che anche la persona che gentilmente ha affittato questo appartamento per noi non lo rivelerà.»

Il commissario sospirò. «Quanto costa al mese questo nido d'amore? Mille e cinque? Mille e otto?»

Non attese la risposta e si accomodò su un divano. «Non riesco a capire il senso di questa sceneggiata. Riportare al centro dell'attenzione il caso Perin non ti serve a nulla.»

«Sto solo tentando di scoprire la verità.»

«Sei in pena per Claire?» chiese il commissario tirando fuori dalla borsa tabacco e cartine.

A Toni non sfuggì il tono ironico e decise di non stare al gioco. «Lei dà per scontato che io l'abbia rapita e uccisa, ma le chiedo per un attimo di valutare l'ipotesi che sia innocente.»

«Non ci riesco tanto, ma sono curiosa di vedere dove vuoi andare a parare.»

«Sono convinto che chi ha rapito Claire ci abbia seguito da casa sua fino all'hotel. Probabilmente la spiavano da tempo… Pioveva, io avevo fretta e sono ripartito senza accertarmi che fosse entrata nella hall. In quel momento chi l'aveva presa di mira ne ha approfittato e l'ha chiamata. Come si vede nel video di sorveglianza, Claire si volta e torna sui suoi passi. Evidentemente si trattava di una persona che conosceva.»

«E pretendi che creda a questa cazzata del misterioso pedinatore che sfrutta un'occasione unica? La coincidenza perfetta? Il problema è che solo tu eri lì, e il video ti incastra.»

«Non le costa nulla controllare le telecamere lungo il tragitto che abbiamo percorso quel giorno.»

«Non mi sognerei mai di perdere tempo con questo misero tentativo di difesa. E comunque è fuori tempo massimo, le registrazioni di banche e posti del genere dopo un paio di mesi al massimo le cancellano. Basta e avanza quella dell'hotel.»

«Dovevate verificarle allora» replicò Toni in tono accusatorio. «Avete puntato sul cavallo sbagliato e non avete battuto altre piste.»

La poliziotta sorrise. «Parli come un investigatore delle serie tv» lo schernì. «E ora risolverai il caso con questa bella idea della ricompensa. Il vero colpevole confesserà via e-mail, giusto?»

«Lei è accecata dalle sue convinzioni, quindi non capisce il senso di questo tentativo.»

La Ardizzone si alzò. «Non ti voglio in città» annunciò. «Fai le valigie e scappa lontano. Nel frattempo, avverti il prestanome che non la passerà liscia: non comunicare i nomi degli inquilini alla questura è un reato.»

Il Francese era seriamente preoccupato per Angela, che rischiava di essere travolta da uno scandalo. Si trovò costretto a cambiare tono: «Lei non ha fatto una grande figura con questa indagine. È stata criticata pesantemente anche da giuristi famosi, i social non la amano più di tanto e dalle voci che girano anche in questura è molto chiacchierata. Ma questo è niente rispetto a quello che le potrebbe succedere se mette in mezzo la donna che frequentava questo posto… Appartiene ad ambienti che qui sono intoccabili».

«Mi fa piacere che ti preoccupi per la mia carriera.»

«Mi sembrava giusto avvertirla. E comunque torno a casa mia, ma non vado da nessun'altra parte.»

«Quando sarò pronta verrò a prenderti ovunque sarai.»

«Continua a sbagliare persona.»

«No. Per assurdo potresti anche essere innocente, ma quante donne hai picchiato, violentato, sfruttato, ingannato in tanti anni di onorata professione? La galera te la meriti comunque.»

"Gli sbirri ragionano così: non si sbaglia mai a far condannare un pregiudicato" pensò Zanchetta mentre l'Ardizzone spegneva la cicca con il tacco su un tappeto persiano.

Più tardi, Toni riempì un paio di trolley e abbandonò per sempre il rifugio che lo aveva protetto in quei mesi difficili.

SETTE

Avrebbe preferito trasferirsi in un altro appartamento sicuro, ma non ne aveva a disposizione e dovette rassegnarsi a tornare a casa sua. L'odore di chiuso, la polvere, la cassetta delle lettere strapiena: Toni ebbe l'impressione di addentrarsi in un territorio ostile. Eppure quelle stanze custodivano la sua vecchia vita, che era terminata il giorno della scomparsa di Claire. Si buttò sul letto senza nemmeno cambiare le lenzuola, stanco, sconfitto e spaventato.

Doveva parlare con l'avvocato. A metà mattina, seguendo le indicazioni della sua segretaria, lo intercettò mentre usciva dal tribunale. Era di pessimo umore, perché un suo cliente era appena stato condannato a una pena addirittura superiore a quella richiesta dal pubblico ministero.

«Questo idiota» sbottò riferendosi all'assistito. «Sotterrava i rifiuti tossici in una zona coltivata a vigneti. Logico che il giudice, nato e cresciuto in Veneto, abbia considerato il reato un affronto che gridava vendetta.»

Toni lo mise al corrente della visita dell'Ardizzone

e dei timori per la situazione delicata in cui si sarebbe potuta trovare Angela.

«Quell'Angela?» chiese l'altro, per essere certo di aver capito bene.

«Proprio lei.»

«Il loro avvocato di famiglia è un mio caro amico. Gli parlerò e sistemeremo la faccenda, impedendo al nostro commissario di combinare guai» tagliò corto il legale, poi cambiò subito argomento: «E così l'appello della Mazzoleni è opera tua... Su questo concordo con il commissario: a cosa ti serve rivangare il caso? L'Ardizzone parla e minaccia a vanvera perché non ti può toccare».

«Anche tu sei convinto che io sia colpevole?» scherzò Zanchetta.

Ma l'altro rispose seriamente: «Il mio compito non è giudicarti ma difenderti al meglio, e in questa veste considero la tua mossa una solenne cazzata. La prossima volta avvertimi prima».

Toni incassò, giustificando in parte l'atteggiamento dell'avvocato, ma dovette ammettere con se stesso di non trovare affatto confortante che nemmeno il difensore fosse convinto della sua estraneità alla faccenda.

Trascorse il resto della mattinata a cercare una donna delle pulizie, dato che la casa ne aveva bisogno ma la signora moldava che veniva normalmente non era più disponibile. Di solito di emergenze così se ne occupavano le *mademoiselle*: si passavano la voce e nel giro di qualche ora il problema veniva risolto. Toni scoprì che non si trattava di un'impresa facile, perché tutte le professioniste ormai pretendevano di essere assunte.

Per pura fortuna una signora rumena gli confidò al

telefono che la cugina Leontina lavorava in nero. La contattò subito, quella gli chiese una cifra oraria fuori mercato e lui dovette lo stesso accettare. Grossa e forzuta, la donna valeva la spesa: nel giro di poche ore l'appartamento ritornò ad avere un aspetto decente.

Mentre Leontina si dava da fare, Zanchetta prese carta e penna e stilò una lista della spesa. A metà pomeriggio si fece quaranta chilometri per raggiungere un centro commerciale di recente apertura. Qualcuno sosteneva che riempire carrelli di merce fosse rilassante, ma per Toni fu un supplizio: non sapeva quali prodotti scegliere, c'era troppa offerta. Giurò a se stesso di frequentare solo botteghe, del centro e di quartiere. L'ora di cena lo sorprese mentre era in fila alla cassa e si fece tentare da un ristorante che prometteva menu esotici. Un'altra pessima esperienza. Tornò a casa convinto di non essere adatto alla quotidianità delle persone normali. Un macrò viene servito e riverito, abituarsi non sarebbe stata una passeggiata.

Senza un motivo preciso attese fino al giorno seguente prima di riaprire la casella di posta. Era oppresso da una strana inquietudine, che non riusciva a decifrare perché gli era sconosciuta. Quando si decise, scoprì che era piena e non era più in grado di ricevere e-mail. Iniziò a cancellare i messaggi con una certa velocità: nessuno meritava una rilettura appena più attenta.

Con un'eccezione.

"Buongiorno, mi chiamo Maria Benetti e credo di avere informazioni utili, ma vorrei trattare di persona con la certezza di ricevere subito un compenso. Non mi vergogno ad ammettere che ho bisogno di soldi."

Toni digitò la risposta fingendosi Maura: "Prima ho bisogno di sapere qualcosa in più, che mi convinca a incontrarla".

La donna si fece viva qualche ora più tardi. "Lavoravo nel bar dove Serena veniva ogni tanto a fare colazione. Ordinava un bicchiere di latte *appena tiepido* e un ventaglio".

Il Francese esultò. Alla mattina Claire voleva sempre e solo latte e quel biscotto di pasta sfoglia con lo zucchero caramellato. Le ricordava l'infanzia. "Ora sono certa che lei l'abbia conosciuta, ma non mi sembra che avere la conferma di cosa consumasse valga del denaro…"

Una manciata di minuti più tardi, Toni lesse: "Il bar si trova lontano dal quartiere dove abitava. Un paio di volte l'ho vista scendere da un taxi. Secondo me veniva per vedere una persona. L'ho convinta?".

Maria Benetti doveva avere poco più di sessant'anni, ma ne dimostrava una settantina. Tutto quello che indossava era misero, e la doppia fede che portava al dito suggeriva che fosse vedova. Occhi azzurri, capelli bianchi, naso sottile, unghie inguardabili. Aveva dato appuntamento a Toni davanti al bar in cui lavorava, ma dall'altro lato della strada. Non voleva incontrare la proprietaria, quella nuova, la stronza sposata con il figlio scemo che aveva ereditato l'attività dai genitori defunti – gente per bene, a detta sua, che l'aveva assunta dopo la morte di Mario. Eh, sì, Mario e Maria: ventotto anni di matrimonio, tutto sommato felice ma povero, tanto povero. E così per dodici anni la Benetti aveva lavorato nel bar, che a quel tempo si chiamava

Torresana come la via. Poi però la stronza se n'era uscita con l'idea che fosse un nome troppo antico, "polveroso" e poco chic, quindi l'aveva ribattezzato Tropicana. Assunta come addetta alla distribuzione delle paste e delle brioche durante la fascia oraria delle colazioni, nonché a tutte le possibili variazioni della parola "pulizie" per il resto del giorno. Serva a ottocento euro al mese, con la differenza che quando c'erano i genitori il clima era più famigliare, ora si trattava solo di bieco sfruttamento.

Toni dopo un po' iniziò a spazientirsi: quella tizia lo stava usando come un sacco da boxe su cui sfogare la solitudine e l'amarezza di un'esistenza di merda. Ma non era intenzionato a interrompere il suo monologo. La Benetti, quando se l'era trovato di fronte al posto di Maura Mazzoleni, si era sentita ingannata, e il Francese aveva dovuto scusarsi e mostrare il denaro per tranquillizzarla.

Finalmente arrivarono al punto. Per fortuna di Toni, Maria era stata convinta da una vicina a seguire un corso della parrocchia per imparare a usare il computer e a navigare su internet, e ora buona parte della giornata la trascorreva su Facebook, dove aveva letto l'appello della coinquilina di Serena. La ex barista sosteneva di aver colto scambi di occhiate e accenni di sorrisi tra la ragazza scomparsa e una coppia di clienti abituali. Serena si sedeva sempre al solito tavolino se non lo trovava occupato, quindi attendeva che i due arrivassero. Restava una ventina di minuti e poi se ne andava.

«Uno scambio di occhiate. Tutto qui?» chiese Toni.

Maria si risentì. «Ne ho viste di tutti i colori nella mia

vita, e so riconoscere quando la brace cova sotto la cenere» disse in dialetto stretto. «E da dietro il bancone avevo una visuale perfetta, potevo guardare i musi da *mona* dei clienti fin dentro al cuore. E poi, lo sai come ho capito che c'era qualcosa di strano? Quando i due entravano nel bar con altra gente e c'era la tua puttana – eh, sì, bello, ti ho riconosciuto dalle foto sui giornali, sarò vecchia ma non sono la scema di guerra del quartiere – non la degnavano di uno sguardo. La ignoravano, hai capito?»

«Come mai lo ha notato solo lei? Nessun altro del personale ci ha contattato.»

«Allora non sai come funzionano i locali... Solo i clienti abituali hanno diritto a essere riconosciuti, gli altri sono facce di passaggio. Ma io ho buona memoria.»

«Tanta da ricordarsi come si chiamano quei due della coppia?»

«Certo, ma prima parliamo di soldi.»

«Duecento potrebbero andare?»

«Magnaccia col braccino corto, ti saluto...»

«Cinquecento?»

«Ottocento. Come un mese dello stipendio che guadagnavo al bar.»

Toni si mostrò indeciso. In realtà stava usando il denaro di Claire, ma voleva evitare che Maria diventasse esosa. «D'accordo» sospirò, infilando la mano in tasca.

La donna contò le banconote due volte e gli disse di seguirla. Un centinaio di metri più avanti si fermarono davanti a un grande negozio che vendeva articoli sanitari, ricavato al piano terra di una villetta a due piani circondata da un giardinetto.

«Lui si chiama Claudio Bortolami, lei Moira Lavezzo. Non hanno figli, ma ormai adesso li fanno anche a quarant'anni, quando ai miei tempi dai sedici in su eri pronta a scodellarli. E qualcosa devono avere in mente, altrimenti non si capisce cosa se ne fanno di una casa così grande.»

Maria se ne andò, soddisfatta per aver concluso l'affare, e il Francese rimase da solo a osservare le vetrine che esponevano carrozzine e stampelle, chiedendosi come procedere nelle indagini. Non ne aveva la minima idea. Non era nemmeno così convinto della validità della pista, ma al momento non era emerso nient'altro: le centinaia di e-mail arrivate erano prive anche di quel minimo di concretezza che ispiravano le rivelazioni di Maria Tristezza, come l'aveva soprannominata mentre la ascoltava.

Toni entrò nel negozio. Un uomo sui trentacinque anni era alle prese con un cliente interessato a un busto ortopedico, mentre una donna dietro al bancone insegnava a una badante che parlava abbastanza bene l'italiano come usare un misuratore di pressione.

Zanchetta attese il suo turno, indeciso se giocarsi la carta di una scusa o andare dritto al punto.

«Avrei bisogno di un paio di zoccoli per una mia amica, porta il 38» disse poi alla donna sorridente che si era proposta di servirlo.

Probabilmente si trattava di Moira. Non doveva arrivare ai trenta, molto carina, fisico scolpito da qualche attività all'aperto, o almeno così suggeriva il volto abbronzato fuori stagione. Capelli forse troppo corti. L'apparecchio per i denti la faceva sembrare più giovane di quanto fosse.

La ragazza cominciò a mostrargli diversi modelli. «Che uso deve farne?» chiese di fronte all'incertezza di Toni.

«Mi ha detto che vuole portarli in casa per riposare i piedi stanchi» improvvisò il Francese. «È stata lei a consigliarmi di venire qui.»

«Forse è già una nostra cliente?»

«Sicuramente vi conosce. Si chiama Serena» disse lui mostrandole il cellulare. Sullo schermo appariva il volto sorridente di Claire.

La donna scosse la testa. «Mi spiace, non la ricordo.»

Toni dovette riconoscere che era stata brava a mentire, ma lui negli anni aveva imparato a capire quando tentavano di rifilargli una menzogna. Le puttane raccontano bugie di tutti i tipi e in tutti i modi possibili, e se ti fai abbindolare tanto vale che cambi mestiere. Decise di acquistare le calzature in modo da avere più tempo per stare vicino a Moira, fissandola con aria sorridente e la testa leggermene piegata di lato – un vecchio trucco che usava spesso quando voleva far capire al suo interlocutore di aver riconosciuto una balla. Moira tentava in tutti i modi di evitare il suo sguardo, ma curiosa e frastornata com'era cadeva nella trappola.

«Serena sarà contenta» si congedò Zanchetta, infilando le banconote del resto nel portafoglio. «Le porterò i suoi saluti.»

Una volta fuori si liberò degli zoccoli nel primo cestino. Era perplesso sui risultati ottenuti: ora era convinto che i due conoscessero Serena, ma che fossero coinvolti nella sua scomparsa al momento era davvero poco credibile. Tornò indietro e controllò gli orari del negozio appesi all'ingresso. Nei giorni feriali erano aperti dalle 8.30 alle 12.30 e dalle 15.30 alle 19.30. Claire aveva appuntamento all'hotel alle 13.15 e lui era passato a prenderla un quarto d'ora prima. In teoria, la possibilità di seguirli l'avevano avuta.

Toni a quel punto si spaventò. "Eccheccazzo!" si disse. "Adesso ragiono come uno sbirro."

Alzò lo sguardo e si accorse che Moira lo stava fissando. La salutò con un gesto della mano e andò a recuperare l'auto.

OTTO

La mattina seguente il Francese si alzò presto per le sue abitudini e qualche minuto dopo le otto, infreddolito per aver sottovalutato gli improvvisi cali di temperatura ottobrini, fece il suo ingresso nel bar Tropicana. Era già gremito di avventori, ma fu fortunato e riuscì ad accaparrarsi l'ultimo tavolino ancora libero. Il profumo di caffè e brioche appena sfornate era delizioso, ma Toni ordinò la sua solita colazione.

I coniugi Bortolami comparvero verso le nove e mezzo: dovevano aver chiuso il negozio e appeso alla porta il classico cartello TORNO SUBITO per il tempo di una pausa al bar. Dopo aver ordinato, i due iniziarono a chiacchierare con diverse persone. Quando la donna lo vide, con circospezione informò il marito della sua presenza; con altrettanta attenzione l'uomo si voltò e gli rivolse un'occhiata veloce.

Zanchetta si alzò e alla cassa pagò anche la loro consumazione, salutandoli a voce alta: «Serena è contenta dell'acquisto, ha detto di salutarvi».

Moira sorrise, farfugliando un ringraziamento. Claudio, invece, dimostrò di non essere sveglio quanto la moglie e finse di non sentire. Il bel volto abbronzato rimase impassibile, gli occhi bassi. Toni notò che era alto e robusto. Entrambi vestivano affidandosi al gusto delle griffe che andavano per la maggiore, senza preoccuparsi di ostentare.

L'ex macrò si ritrovò ancora una volta sulla via Torresana senza sapere quale sarebbe stata la prossima mossa. Stava agendo un po' a caso, e continuava a chiedersi cosa si potesse aspettare mettendoli in agitazione. Seminascosto dalle auto parcheggiate, attese che tornassero al negozio per scattare una serie di fotografie con il cellulare.

Poi fece un salto da Maura Mazzoleni. L'ex coinquilina di Claire abbandonò i consueti modi freddi e cortesi per coprirlo di insulti.

«Non mi lasciano più in pace!» gridò. «I giornalisti mi tormentano a tutte le ore, non riesco a studiare, cazzo.»

Zanchetta avrebbe voluto mandarla a quel paese ricordandole che era stata lautamente pagata, ma Maura poteva essergli ancora utile. La consolò, si scusò, le prospettò i vantaggi del loro accordo. Le parole gli uscirono di bocca senza nessuna fatica: uno dei tanti discorsi da imbonitore del suo repertorio.

«Piuttosto, conosci questa coppia?» domandò mostrandole le immagini di Bortolami e della Lavezzo.

«No. Chi sono?»

Il Francese le raccontò – con dovizia di particolari e insistendo più del dovuto sulla reazione piuttosto "losca" dei due – cosa aveva scoperto a partire dalla e-mail di Maria Benetti. Lo scopo non era certo quello di metterla al corrente, ma piuttosto di usarla per far arrivare la notizia alle orecchie dell'Ardizzone. Toni infatti era certo che la studentessa modello spifferasse tutto al commissario. Si era dunque convinto della necessità di quella mossa quando aveva compreso di non essere in grado di progredire nelle indagini. Il suo raggio di azione era così limitato che avrebbe potuto invecchiare infastidendoli al bar, per strada o comprando zoccoli nel loro negozio.

«Nei prossimi giorni cercherò di scoprire altro, ma se non salta fuori niente di utile passerò la mia indagine alla stampa» continuò Toni. «Può darsi che il giornale assumerà qualche investigatore privato, o magari si può permettere di chiedere favori a poliziotti capaci e non prevenuti come la Ardizzone, che si sta fottendo la carriera perseguitando un innocente.»

«Che saresti tu.»

Zanchetta non raccolse la provocazione implicita in quell'inutile puntualizzazione. «Comunque pensa che figura di merda per il commissario, se qualcun altro scopre la verità.»

Toni si chiuse in casa per un paio di giorni a leggere e controllare un'altra ondata di e-mail, che ormai arrivavano da tutta Italia. Erano entrati in gioco anche gli avvistatori, i patiti di caccia agli scomparsi che trascorrevano la vita a scrutare volti di sconosciuti per coronare il sogno di un trofeo.

La mattina del terzo giorno tornò al Tropicana, non perché ne avesse voglia o la ritenesse una mossa decisiva, ma giusto per evitare che i due coniugi si cullassero nell'illusione di averla passata liscia. Questa volta niente tavolini liberi, anzi, uno era occupato dal commissario Ardizzone, che gli fece segno di avvicinarsi.

«Siediti, Zanchetta» ordinò a bassa voce. E poi, alla cameriera: «Il signore prende un succo di frutta alla pera a temperatura ambiente e un cornetto alla crema», tanto per ribadire che di lui sapeva tutto. «Tu pensi che io sia stupida» continuò, come sempre di cattivo umore. «E non abbia capito che sapevi benissimo che la Mazzoleni mi avrebbe raccontato delle tue prodezze investigative. Minacciando di coinvolgere la stampa mi hai costretto a perdere ancora del tempo per impedire che quei due vengano dati in pasto all'opinione pubblica.»

«Come è successo a me» replicò Toni, risentito.

«Ma tu sei un pezzo di merda, ti meriti tutto a prescindere. E comunque non esiste un movente plausibile. L'unico ad averlo continui a essere solo tu.»

«Allora perché è seduta a questo tavolo?»

L'Ardizzone parve sorpresa. «Hai la memoria corta, allora… A me risulta che tre anni fa Serena sia stata vittima di un incidente, una lussazione alla caviglia che l'ha costretta a usare le stampelle per circa un mese.»

Il Francese finalmente ricordò e colse il nesso. «Gliele hanno vendute loro.»

«Molto probabile. Quindi ora parlerò con questi due onesti e incensurati cittadini per scoprire che lo scambio di occhiate che tanto ti ha impressionato deriva da una conoscenza maturata in ambito lavorativo.»

Dopo una decina di minuti trascorsi in un'atmosfera glaciale, Moira e Claudio entrarono nel bar. Lei impallidì quando si accorse della presenza del commissario: chiunque avesse seguito il caso di Serena Perin conosceva il volto della poliziotta. Artigliò il braccio del marito per richiamare la sua attenzione e anche il bel Claudio non reagì granché bene: normalmente si distingueva come buon intrattenitore da bar, invece in questo caso restò quasi ammutolito.

L'Ardizzone, impassibile, li seguì non appena misero piede fuori dal locale. Toni lasciò perdere la consumazione e si accodò, mantenendosi a una cinquantina di metri di distanza. Il commissario allungò il passo e raggiunse la coppia, si presentò. Toni notò che sorrideva nel tentativo di non spaventarli, di metterli a proprio agio: era davvero convinta che non avessero nulla a che vedere con la scomparsa di Claire. Entrarono tutti e tre nel negozio.

Tempo dieci minuti e la poliziotta era già fuori. Zanchetta era certo che avesse liquidato la faccenda, invece si sorprese non poco vedendola osservare le case e le attività circostanti, per poi infilare a passo sicuro la porta di una lavanderia. E successivamente quella di una rivendita di sigarette elettroniche. Per una buona oretta il commissario continuò a sondare i negozianti, prima di tornare al Tropicana e prendere da parte la proprietaria, mostrandole furtivamente il tesserino.

Toni dovette riconoscere che era l'ennesima bella mossa dell'Ardizzone. Con quello si poteva bussare a tutte le porte e nessuno poteva esimersi dal rispondere, per non sembrare sospetto. Era così che procedevano le indagini: a forza di domande.

Era talmente coinvolto che senza pensarci due volte attese la poliziotta in strada. «Avevo ragione, vero? Sono stati quei due.»

111

«No» lo gelò lei. «Mi hai fatto sprecare tempo prezioso.»

«E allora perché sta facendo tutte quelle domande in giro?»

«Perché sono coscienziosa. E la prossima volta che mi ronzi attorno, chiamo una volante e ti sbatto dentro per intralcio alle indagini.»

«Sono sbiancati quando l'hanno vista al bar.»

«Mi hanno solo riconosciuta, tutto qui. E adesso vai fuori dai coglioni, Zanchetta.»

L'ex macrò, sconfitto e demoralizzato, si trascinò verso l'auto. Nel tragitto notò un negozio che esponeva in vetrina giubbotti di una celebre marca britannica. Decise di consolarsi e di proteggersi dal freddo acquistandone uno.

Una volta tornato a casa si costrinse ad aprire la casella di posta dedicata alla ricerca di informazioni su Claire: si trovò davanti un'altra valanga di e-mail inutili, inviate dal pianeta del disagio sociale e psicologico. La città, al contrario, negava l'esistenza di Serena dimostrando un'omertà incredibile. Sembrava che fosse un fantasma: nemmeno la parrucchiera, l'estetista, la massaggiatrice, i negozianti che la rifornivano di scarpe e vestiti si erano fatti vivi. Solo Maria Tristezza aveva risposto all'appello, e l'aveva fatto giusto perché aveva bisogno di soldi. Toni era perfettamente consapevole che anche lui si sarebbe comportato nello stesso modo, ma la frustrazione di aver fallito nel tentativo di scoprire di più sulla vita quotidiana della ragazza lo tormentava. Negli ultimi tempi gli era capitato di pensare alle sue ex *mademoiselle*. Nessuna di loro conduceva una vita così solitaria, appartata, eppure Toni non si era mai preoccupato di approfondire quella discrepanza tra lei e le altre perché Claire non aveva mai dato problemi. Valérie, che non la sopportava, la chiamava "la grigia soldatina", sempre ligia al lavoro, mai nemmeno un capriccio. Rendeva bene, però, e Toni si era erroneamente convinto che sarebbe andata avanti così fino alla pensione.

Depresso e stanco di essere solo, si connesse al sito di Lorella. "Ho voglia di vederti" scrisse, lasciando il numero di telefono.

Lei lo chiamò verso sera. «Speravo ti facessi vivo.»

«Mi era sembrato un bacio d'addio, il tuo.»

«In qualche modo lo era…»

«Allora non capisco.»

«Mi piaci, Toni, però sei il tipo d'uomo da cui sono fuggita più volte, e in altre circostanze, per liberarmene, sono stata costretta a rivolgermi alla legge.»

«Non sono più nel ramo.»

«Lo so. Ma siete pericolosi, infidi.»

«E allora perché speravi di risentirmi?»

«Perché mi piaci. Vorrei frequentarti senza essere pagata, ma con uno come te sarei sempre in pericolo di perdere la libertà. E ti assicuro che ho dovuto lottare per ottenerla.»

«Sei sola?»

«Sì, al momento non ho nessuno.»

«Avevo un'amante fuori dal giro. Una signora per bene, con marito e figli» confidò Toni. «Ma tu sei l'unica a cui penso. Magari mi sbaglio, ti idealizzo perché ti ho incontrata in un momento particolare della mia vita e sono solo. Mi sembra che la vita mi scivoli tra le mani come sabbia.» Lei ridacchiò e lui si risentì. «Sono sincero, non capita spesso. Spiegami cosa c'è di divertente in quello che ho detto.»

«Hai usato una frase fatta, credo di averla letta e sentita non so quante volte. Ti sei giocato le paroline a effetto come un ruffiano qualsiasi.»

«Perché mi stai insultando?»

«Ti sto solo mettendo sull'avviso: devi trattarmi con rispetto.»

Toccò al Francese esibirsi in una risatina nervosa. «Dovrei sbatterti il telefono in faccia e non ci riesco.»

«Significherebbe chiudere ogni rapporto per sempre. Dispiacerebbe anche a me.»

«Cosa posso fare per convincerti che vale la pena frequentarmi?»

«Tu pretendi molto di più, Toni. Vuoi che ti risolva il problema della solitudine riempiendoti la giornata di tutte quelle belle cosine che il mestiere ti ha impedito di vivere. Qualcosa che assomigli all'amore.»

«Pure tu sei sola, e del resto anch'io potrei ricambiare.»

«Non mi fido, Toni. Però, come ho detto, mi piaci sul serio, e a differenza del passato non provo quella sensazione di fregatura perenne con cui devono fare i conti le puttane» ammise. «Ma voglio procedere con molta calma e sarò io a decidere come e quando. Devo essere sicura di leggerti dentro. Ho imparato a riconoscere il mostro.»

«Addirittura?» scherzò lui.

«Lo vedi, non sei sincero o non sei consapevole»

disse la donna prima di chiudere la comunicazione all'improvviso.

Lorella si stava rivelando un osso duro. Nonostante le pessime esperienze continuava a essere affascinata dallo stesso tipo di uomo, e Toni era certo di conoscerne le ragioni. Non avrebbe certo faticato a trovare un compagno per bene, ma sarebbe rimasta relegata al ruolo di amante, perché la famiglia di lui non l'avrebbe mai accettata, una come lei. Toni ne aveva conosciute diverse, di storie così: donne felici di aver incontrato il vero amore che poi uscivano distrutte dal confronto con madri, zie, sorelle. Con lui invece Lorella poteva essere diretta, non avere filtri, giocare a carte scoperte su tutto.

Dopo la telefonata Toni sprofondò in uno stato di inquietudine che lo spinse a uscire. Una ventina di minuti più tardi raggiunse un car sex parking vicino a un casello autostradale e si mise alla ricerca di una coppia in cui lei fosse piacente e lui disposto solo a guardare. Rinunciò dopo qualche approccio: nulla di interessante.

Attraversò il confine della provincia e, spinto anche dall'appetito, guidò fino a una pizzeria frequentata da milf. Si trovava in una zona di fabbriche di piccola e media dimensione del comparto tessile e calzaturiero, e ogni cento metri spiccava l'insegna di un outlet. Imprenditrici, commercianti, commesse si riunivano in piccoli gruppi o in coppie. Non erano mai sole. Cenavano chiacchierando amabilmente e lanciando occhiate tutt'intorno.

La cameriera gli indicò un tavolino defilato, provvisto

di una buona vista sulla sala. Accanto a lui sedeva un gruppo di ventenni sguaiati, desiderosi di venire notati.

Toni ordinò un calzone alla ricotta, specialità della casa, e vino rosso. Una decina di minuti più tardi agganciò lo sguardo di una cinquantenne, senza dubbio la più elegante e raffinata in un ambiente dove il denaro non mancava, ma la classe era sconosciuta. Tutto in lei era fine e delicato, a cominciare dal filo di perle che le adornava il collo sottile. Sorseggiava distrattamente un calice di bollicine mentre ascoltava le chiacchiere di due commensali più giovani. Dipendenti, scommise Zanchetta, mentre lei di certo era la proprietaria o l'amministratore delegato di un'azienda.

L'ex macrò iniziò a giocare a "sguardi e malintesi", come vagamente ricordava recitasse una canzone. Lei accettò di buon grado e a un certo punto scostò discretamente la tovaglia per mostrargli le gambe. Il gesto non fu per nulla volgare. Lui alzò il bicchiere in segno di apprezzamento: era fatta. Pagò il conto e si mise in attesa nel parcheggio.

Poco dopo lo raggiunse la cinquantenne insieme alle altre due donne: loro salirono su un fuoristrada, lei invece gli si avvicinò con un incedere signorile.

«Le mie amiche sono stanche e hanno preferito tornare a casa, mentre io continuerei volentieri la serata. Mi faresti compagnia?»

«Molto volentieri.»

«Conosco un locale dove servono cocktail decenti. La clientela è lo specchio del luogo, ma la musica è di buon livello e si può chiacchierare con tranquillità.»

«Ti seguo.»

Salì su un'auto di lusso e infilò la provinciale.

Si chiamava Sofia, detta Sofi. Nata e cresciuta a Milano in una famiglia agiata, dopo l'università aveva scoperto che il denaro le piaceva e aveva sposato il rampollo di una famiglia di industriali dello scarpone – gente che un paio di generazioni prima aveva deciso di lasciare il paese di montagna in cui risuolava pedule, ed era sceso a valle per produrle. Il discendente che l'aveva portata all'altare si era rivelato un buon uomo, un ottimo compagno di vita, ma inadatto a dirigere aziende. E così lei aveva preso il suo posto, incrementando il fatturato. Ma il marito, invece di approfittarne e godersi la passione per le barche a vela con l'amante, si era sentito sminuito e aveva finito per odiarla.

Sofi terminò di raccontare insieme all'Old Fashioned e alzò la mano per ordinarne un altro. «E tu?» chiese. «Mi sembri il tipo in grado di raccontare un sacco di balle ed essere creduto, soprattutto da una donna. E se devo essere sincera, questa sera ne ho propria voglia.»

Toni l'accontentò. Una vita trascorsa nei locali ad ascoltare i racconti più disparati lo aveva reso un affascinante affabulatore, ma questa volta si limitò alla semplice verità. «Ora mi sto guardando attorno, ma fino a poco tempo fa gestivo una *maison*. Ero un macrò.»

Ovviamente evitò di alludere alla vicenda di Claire e parlò della sua attività da un punto di vista strettamente manageriale, dandosi arie da filantropo. Sapeva che lei poteva capire, e magari anche apprezzare. Al massimo avrebbe chiuso la serata rinunciando al sesso, ma era un rischio che correva volentieri dato che della bella e raffinata sconosciuta non gliene fregava nulla.

117

La donna invece si dimostrò particolarmente interessata alla gestione del personale. «Mi piacerebbe usare i tuoi metodi con le dipendenti» disse a un tratto. «Mica con le operaie – quelle lavorano a testa bassa ringraziando di avere un lavoro –, ma con le impiegate e i quadri. Quando vorrei mandarle a farsi fottere mi tocca dire frasi tipo: "Sei migliore dell'errore che hai commesso".»

Dopo una mezz'oretta di monologo sul tema: "Noi padroni abbiamo sbagliato tutto, chiunque ci può mettere i piedi in testa", lei gli propose di andare in un "posticino". Un altro paio di chilometri di provinciale e Sofi mise la freccia per entrare in una corte dove si affacciavano palazzine in stile coloniale. Entrò in un appartamentino al piano terra, dove sicuramente non viveva, e condusse Toni in camera da letto.

«Sentiamo come baci, macrò» disse, ficcandogli la lingua in bocca.

Sembrò apprezzare, e dopo essersi sfilata la gonna gli mostrò l'orologio. «Non più di mezz'ora, domani mi devo alzare presto.»

Il Francese la prese come una sfida: giocò la carta dell'amante imperdibile, ma gli andò male. La donna una volta raggiunto l'orgasmo lo spinse da parte e si rivestì, riattaccando a chiacchierare amabilmente. Toni non si offese: riprese la strada di casa consapevole che si erano usati a vicenda per arginare la solitudine o riempire altri buchi neri dell'esistenza, giocando tra sconosciuti sul filo della sincerità e con il proprio corpo. Un gioco dove non si fanno prigionieri.

Eppure anche quella sera Lorella non se andava dalla mente. Per conquistare una donna come lei ci voleva ben altro: cambiare o fingere di non avere più una mentalità da ruffiano. Lei però era pronta a scoprire ogni possibile tentativo di ingannarla, e Toni non si sentiva affatto sicuro di essere in grado di superare la prova.

NOVE

Il mattino seguente contattò nuovamente Maria Tristezza Benetti, proponendole un invito a pranzo e dell'altro denaro. La passò a prendere sotto casa e la portò in un ristorante famoso per osservare rigorosamente la cucina tradizionale. La donna sprizzava contentezza da tutti i pori mentre scorreva il menu.

«I primi vanno dai tredici ai diciotto euro e i secondi non ne parliamo» disse. «Se mi hai portato in un posto così caro, significa che devi chiedermi qualcosa di importante.»

«Se la sentirebbe di rilasciare un'intervista?»

«No.»

«La pagherei bene.»

«La risposta è sempre no.»

«Allora non insisto» si arrese facilmente Toni.

In realtà non aveva nessuna intenzione di usarla come pedina a livello mediatico per forzare la mano al commissario Ardizzone. Il suo obiettivo era un altro: farla rilassare in un locale che non avrebbe mai potuto permettersi per invitarla a scavare nella memoria. Durante la notte si era soffermato a riflettere sul modo di condurre le indagini del commissario Ardizzone: non era uno sbirro, lei, e forse era coscienziosa come diceva, ma Toni aveva l'impressione che avesse cercato una conferma delle sue teorie piuttosto che la verità.

Lasciò parlare la donna a ruota libera. Poi, mentre era alle prese con un petto d'anatra in saor, ne approfittò per domandarle se avesse qualche informazione o pettegolezzo da riferire sui coniugi Bortolami.

Lei alzò gli occhi dal piatto: «Quanto? Mi sembrava di aver sentito la parola "soldi" quando mi hai invitato».

«Cento?»

«Duecento.»

Altre quattro banconote da cinquanta euro che erano appartenute a Claire cambiarono di mano.

«Moira ha un'amica molto cara che abita proprio di fronte a casa sua. Una veronese che insegna in una scuola media» confidò dopo una sorsata di vino. «Venivano al bar a bere il caffè dopo pranzo e parlavano fitto come facciamo noi donne quando dobbiamo confidarci. Anch'io avevo un'amica, Adele, una ricamatrice con l'artrite, e quando ci trovavamo a bere vermut l'argomento principale erano i soldi e i mariti.»

«Sa come si chiama?»

«Stefania Brunelli.»

«Che altro può dirmi? Le vengono in mente altre persone da segnalarmi?»

«Sì. Altri duecento.»

«Lei succhia soldi come un vampiro.»

«No, ho le pezze al culo e tu sei uno che ha fatto i soldi con la figa. Te ne stavi al calduccio mentre le tue donnine si facevano sbattere.»

Un altro passaggio di denaro al momento del dessert. «L'ascolto» sospirò il Francese.

«Nessuno fa mai attenzione a chi scopa e lava per terra, invece noi siamo sempre bene informate perché ascoltiamo e guardiamo sotto il tappeto.»

Zanchetta allargò le braccia, spazientito. «Che significa?»

«Poco più di un annetto fa c'era una colf, una delle nostre, mica una russa o una polacca, che andava a fare le pulizie dai Bortolami, sia in negozio che in casa» raccontò. «Poi le dissero di limitarsi al piano terra e di non mettere più piede di sopra. Ho saputo che l'hanno licenziata e al suo posto adesso c'è un uomo. Un *tumbano* che arriva dall'India o da un altro Paese da quelle parti.»

«Immagino che per duecento euro sia in grado di fornirmi nome e cognome della signora.»

«Signorina. Non si è mai sposata e ormai ha perso il giro buono. Le tocca convivere con un pensionato anche se non arriva ai cinquant'anni» precisò. «Si chiama Gigliola Crosato.» Maria ordinò un'altra porzione di tiramisù. «Non ho mai capito il successo di questo dolce: quattro biscotti, mascarpone e una moka di caffè annacquato.»

Il Francese alzò la mano per fermarla. Non era certo di riuscire a sopportarla nella versione esperta di cucina. «Mi sembra di capire che lei conosce la Crosato.»

«Sì, quando era in pausa veniva al bar e ci fumavamo una cicca sul retro» spiegò. «Le preparavo sempre un pacchetto con un po' di biscottini. Quando ti pagano male e ti trattano peggio devi imparare a rubare, ma con stile. Non mi hanno mai beccata.»

«E perché non me ne ha parlato prima?» domandò Toni, anche se conosceva già la risposta.

«Perché per soli ottocento euro saresti tornato a casa con troppe informazioni.»

«Ma potevo non farmi più rivedere…»

«Può darsi. Però ero certa del contrario. E comunque, sono altri cinquecento per sapere dove puoi trovarla.»

«Ora che so il nome potrei anche trovarmela da solo.»

«Potresti, sì, ma perché faticare tanto quando puoi semplicemente tirare fuori il portafoglio? In vita mia non ho mai visto uno con tanti *schei* in tasca come te.»

A metà pomeriggio del giorno seguente, Toni si ritrovò davanti alla casa dove viveva la professoressa Stefania Brunelli. Una pioggerellina fredda e fastidiosa lo costrinse a rifugiarsi sotto la tettoia di un negozio.

Era indeciso sul da farsi. Si era sopravvalutato pensando che dopo una vita trascorsa a proteggersi dagli sbirri fosse semplice comportarsi come loro, invece nel campo investigativo era l'ultimo dei dilettanti. Avrebbe voluto suonare il campanello e cercare di convincerla a parlare con lui, ma non possedeva un distintivo o altri argomenti convincenti.

Prese il cellulare e cercò il cognome sul sito delle Pagine Bianche, nella speranza che la donna possedesse un numero fisso e appartenesse alla categoria di persone che ancora volevano apparire sull'elenco telefonico. A quell'indirizzo risultava un tale Brunelli Paolo. Chiamò.

«Pronto?» rispose una voce femminile.

«La professoressa Brunelli?»

«Sì?»

«Mi scusi se la disturbo, ma vorrei parlarle di una mia amica che è scomparsa e probabilmente frequentava questo quartiere» tentò di spiegare Toni, raffazzonando un discorso senza capo né coda.

La Brunelli lo interruppe. «Lei chi è? Un giornalista? Guardi che ho già parlato con il commissario e non ho nulla da aggiungere o da commentare.»

Il Francese interruppe la comunicazione. Forse la Ardizzone non era così superficiale nel suo lavoro, se era arrivata a interrogare anche un'amica di Moira.

Montò in auto e si spostò dall'altra parte della città. Gigliola Crosato staccava alle sei di sera e l'esosa e scaltra Maria era stata così gentile da fissargli un appuntamento. Ovviamente l'incontro aveva un prezzo.

Toni si trovò di fronte un'altra povera donna consumata dal lavoro e dalle ristrettezze. L'occhio da macrò valutò che da giovane avrebbe potuto salvarsi, se avesse incontrato un uomo come lui: di viso non era male e doveva aver avuto anche un bel fisico, almeno un tempo. Era meno sfrontata e diretta della sua amica e non si decideva a parlare perché non erano ancora stati discussi i termini economici.

Zanchetta prese l'iniziativa. «Alla sua amica ho dato ottocento. Le darò la stessa cifra se le informazioni che mi fornirà risulteranno utili.»

Lei annuì, mordendosi il labbro. «Però non voglio finire sui giornali e non voglio nemmeno la polizia per casa» chiarì. «Altrimenti non trovo più lavoro.»

«Lo giuro sul mio onore» mentì lui, allungandole due banconote da cinquanta come incentivo.

«Cosa vuole sapere?»

Toni prese il cellulare e le mostrò il primo piano di Claire. «Per caso ha mai visto questa ragazza?»

«Sì. È a causa sua se i Bortolami mi hanno mandato via» rispose l'altra all'istante.

Al Francese per poco non prese un colpo. «Sua?»

«Ha cominciato a venire a casa la mattina. Due, tre volte a settimana, ma secondo me anche nei weekend. All'inizio stava lì senza fare nulla, poi ha cominciato a cucinare, a sbrigare questo e poi quell'altro e, quando mi sono lamentata, Moira mi ha detto di pulire solo il negozio e che mi avrebbe pagato la metà. La proposta non mi conveniva, e mi sono cercata un altro lavoro.»

L'ex macrò non era certo di aver capito bene e le mostrò il volto di Claire per la seconda volta. «Questa ragazza lavorava come colf dai Bortolami?»

«Sì. E anche no» rispose l'altra arrossendo.

«Si spieghi meglio.»

«Mentre ero in negozio ogni tanto Moira andava di sopra per un po', poi saliva il marito. Erano amici, con quella ragazza, si facevano... compagnia.» Esitò, ma nemmeno troppo, ormai era partita. «Prima uno, dopo l'altro. A volte trascuravano i clienti. Insomma c'era un'aria strana. Però magari mi sbaglio, sono solo una che lava i pavimenti.»

«La ringrazio, è stata gentile a rispondere alle mie domande» disse Toni con un sorriso mentre le consegnava il denaro.

Poi chiamò Maria Tristezza Benetti. «Lei sapeva già tutto, perché non mi ha venduto direttamente le informazioni?»

«Cortesie tra poveracce. Cose che tu non puoi capire.»

Zanchetta riprese l'auto e passò il pomeriggio intontito, a guidare senza meta.

Il mattino dopo si svegliò nel letto di un hotel. Al suo fianco una donna bionda dormiva profondamente. L'aveva incontrata in un locale per scambisti e lei, ubriaca, aveva abbandonato il marito, altrettanto sbronzo, per seguirlo. La testa gli doleva per il troppo alcol e i ricordi erano confusi. Scostò il lenzuolo, osservò le nudità della partner occasionale e tirò un sospiro di sollievo: almeno non aveva rimorchiato un cesso.

Tornò a casa e si buttò sotto la doccia. Solo verso mezzogiorno trovò il coraggio di uscire e di andare in questura.

L'Ardizzone lo accolse con una smorfia di disprezzo. «Sei stato tu a rompere i coglioni alla professoressa Brunelli, vero?»

«Sì.»

«E ora che cazzo vuoi?»

«Serena frequentava la casa dei Bortolami, e a quanto pare ci trascorreva giornate intere.»

Il volto della poliziotta rimase impassibile e Toni si convinse che fosse già a conoscenza della cosa.

Dopo una manciata di secondi si alzò, visibilmente imbarazzato, e prima di avviarsi verso la porta si sentì in dovere di segnalare il nome della ex colf. «Parli con Gigliola Crosato.»

«Non ti sognare di coinvolgere la stampa, Zanchetta. Ti ho già avvertito: se tenti di mettere in mezzo delle brave persone per coprire i tuoi crimini piuttosto invento le prove, ma ti sbatto dentro.»

Toni sbuffò. «Ma perché non fa il suo lavoro e la smette di minacciarmi?»

«Non alzare la cresta» lo ammonì la poliziotta. «Non mi occuperò più di te solo quando la corte di cassazione avrà emesso il verdetto definitivo.»

Qualche giorno dopo il ponte di Ognissanti, Toni ricevette due telefonate, praticamente una di seguito all'altra.

La prima era dell'avvocato.

«Girano voci di interrogatori in questura relativi alla scomparsa di Serena Perin, perciò volevo accertarmi che non ti avessero fermato.»

La seconda dell'amico cronista.

«Allora non sei tu sotto torchio» commentò sorpreso.

«Evidentemente no.»

«I poliziotti che di solito parlano con noi questa volta hanno la bocca cucita. Dicono che il caso Perin è a un punto di svolta, che questa mattina c'è stata una perquisizione, che l'Ardizzone sta spremendo qualcuno proprio in questo momento.»

«Noto un tono deluso. Quasi quasi speravi che fossi io…»

Il cronista si affrettò a rimediare: «Certo che no, ma a questo punto devo solo sperare che la concorrenza ne sappia quanto me».

Toni si precipitò fuori di casa. Dato che la giornata era soleggiata e con una temperatura accettabile, saltò sul primo monopattino libero e corse in via Torresana.

Il negozio era chiuso. Forse erano i coniugi Bortolami i misteriosi soggetti sotto interrogatorio.

Quando entrò nel bar scoprì di avere indovinato. Gli avventori straparlavano, come sempre in queste occasioni così "eccitanti". Il tempo di bere un aperitivo e venne a sapere che la polizia si era presentata alle sei e mezzo di quella mattina a casa di Claudio e di Moira, e dopo una rapida perquisizione li aveva caricati su due auto diverse. La vera sorpresa fu scoprire che gli sbirri avevano portato in questura anche la Brunelli.

Il Francese si sentiva svuotato. Intuiva lo scenario che collegava la coppia a Claire, ma nel caso in cui i suoi sospetti si fossero rivelati fondati si sarebbe pentito amaramente di aver voluto scoprire la verità. Significava non aver capito nulla della *mademoiselle*. Era un fallimento difficile da accettare.

Tornò nel suo appartamento e si isolò staccando il telefono per paura di quello che sarebbe emerso.

Fu l'Ardizzone a stanarlo.

Quando Toni le aprì, il commissario appallottolò un paio di fogli che teneva in mano e glieli scagliò addosso con un gesto pieno di rabbia. Occhiaie pesanti le cerchiavano il viso e la bocca era deformata da una smorfia di sconfitta. Sembrava distrutta, così stanca che fu costretta ad appoggiarsi allo stipite della porta. Dalla tasca tirò fuori tabacco e cartine. Toni scommise che a casa si sarebbe sfogata con un lungo pianto liberatorio.

«Il mandante sei tu» lo accusò l'Ardizzone senza mezzi termini. «Hai trasformato quella povera ragazza in una vittima perfetta. Nessun tribunale ti condannerebbe per questo, ma ti giuro che rimedierò alla prima occasione.»

Accese la sigaretta, si girò e scese le scale battendo i tacchi. Il Francese chiuse la porta, si chinò, raccolse la palla di carta e la posò al centro del tavolo del salotto, come se fosse un'opera d'arte. Si riempì un bicchiere e si accomodò sulla sua poltrona preferita, senza riuscire a staccare gli occhi da quel "dono" inatteso della poliziotta. Che dono non doveva essere.

Solo dopo il terzo cognac trovò la forza di spiegare i fogli e di iniziare la lettura dell'interrogatorio di Lavezzo Moira. Non era completo. Il commissario aveva selezionato e stampato alcuni stralci.

"Sono nata in un paese vicino a quello di Serena. Anche mio marito Claudio. Lui l'ha conosciuta per primo, aveva dodici anni più di lei ma erano stati insieme qualche mese. Una relazione clandestina, lei doveva avere quattordici, quindici anni. Poi Claudio ha conosciuto me, io ne avevo appena compiuti diciotto. Sì, gli sono sempre piaciute le donne più giovani e a me gli uomini più maturi. Successivamente ci siamo fidanzati, sposati e trasferiti in città per aprire l'attività.

Serena si è rifatta viva approfittando dell'incidente e della necessità di usare le stampelle. Non aveva mai dimenticato Claudio, ne era ancora follemente innamorata. Mio marito sosteneva di non provare nulla. Sapevo che mentiva e ho intravisto l'occasione per una relazione a tre. Io sono bisessuale e Serena mi piaceva. A Claudio non sembrava vero poter avere a disposizione due donne…"

"Serena stravedeva per Claudio, ma con il tempo ci

siamo molto legate. Tra di noi c'era senz'altro qualcosa di più del piacere del sesso e della frequentazione…"

"Ha iniziato a venire da noi sempre più spesso. A volte la incontravamo al bar Tropicana e poi lei ci seguiva in negozio. Saliva in casa, si metteva a leggere in attesa che uno di noi la raggiungesse. Non sempre facevamo l'amore. Noi eravamo la sua famiglia e a poco a poco si è creata uno spazio nella nostra quotidianità. Ha cominciato a cucinare, poi a sistemare gli armadi. Le piaceva mettere le mani nella nostra biancheria, stirare le camicie di mio marito. A un certo punto siamo stati costretti a mandare via la signora che si occupava delle pulizie perché Serena aveva iniziato a pulire e a passare l'aspirapolvere. Quando abbiamo affrontato l'argomento con lei, ci ha spiegato che l'unica casa che sentiva sua era la nostra e che avrebbe voluto viverci. Avremmo dovuto troncare la relazione in quel momento, non potevamo permetterci una situazione sentimentale così estrema perché i genitori di Claudio ci avrebbero tagliato i fondi ed escluso dal testamento… Lui in realtà era già pronto a farlo, ma io mi sono opposta. Ero certa che avremmo trovato una soluzione. Invece la verità era che ogni sera lei mi mancava e quando la vedevo mi batteva il cuore. Capisce quello che intendo?"

"Sì, sapevamo che si guadagnava da vivere prostituendosi, però voleva smettere e trasferirsi da noi. Il problema era il suo ruffiano, Toni Zanchetta. Pretendeva duecentomila euro per lasciarla libera e Serena era certa che se non avesse pagato lui le avrebbe fatto del male. Ne parlava come di un uomo orribile, lo chiamava 'il pappone a sonagli'…"

"I parenti invecchiano. Mia nonna ha ottantasei anni, è vedova, e per non rinchiuderla in un ospizio abbiamo deciso di ospitarla a turno tra noi fratelli. Siamo in tre, e quando ho annunciato a Serena che per quattro mesi non avremmo potuto frequentarci ha perso il controllo. Ha iniziato a fare discorsi strani, quasi minacciosi. Una mattina è venuta e ci ha detto di essere incinta e che il bambino era sicuramente di Claudio. Lui ha reagito male, le ha fatto notare che non poteva essere così sicura, dato che si faceva scopare da mezza città. Serena per tutta risposta lo ha minacciato di raccontare tutto alle nostre famiglie. In quel momento si è spezzato qualcosa, la magia che ci legava si è dissolta e per noi lei è tornata a essere un'estranea, pericolosa per giunta…"

"A Brunelli Stefania, che è una cara amica conosciuta quando mi sono trasferita in questo quartiere, ho confidato solo di essere bisessuale e di avere una relazione con una ragazza dedita alla prostituzione. Sì, sapeva che si trattava di Serena, e quando è scomparsa ho finto di essere sorpresa e preoccupata per la sua sorte. E anche per la nostra, perché c'era il rischio che si presentasse la polizia a fare domande. La Brunelli non è a conoscenza di altro ed è estranea ai fatti…"

"Quel giorno Serena doveva venire da noi per un chiarimento definitivo. Le sue reazioni ci avevano impaurito così tanto che eravamo disposti a trovare delle soluzioni per guadagnare tempo. Dovevamo trovarci al bar ma non si è fatta vedere, così durante la pausa pranzo siamo andati dove viveva. Quando siamo arrivati l'abbiamo vista salire su un'auto con un uomo che

poi abbiamo capito essere Zanchetta e li abbiamo seguiti fino al parcheggio di un hotel vicino all'autostrada.
Pioveva. Serena è scesa riparandosi sotto l'ombrello e
il ruffiano è ripartito. Così, senza pensarci, sono scesa
anch'io e l'ho chiamata. Lei si è voltata e quando ci ha
riconosciuto ci ha sorriso ed è venuta verso di noi. È salita dietro, ringraziandoci, piangendo come una bambina. Era convinta che avessimo deciso di tenerla con noi
per sempre. Una volta a casa abbiamo cercato di essere
delicati, di metterla a proprio agio per farla ragionare.
Le abbiamo spiegato che era finita. Mio marito è sceso
per aprire il negozio e io sono rimasta con lei sul divano. Ci abbracciavamo strette. Poi sono dovuta scendere
anch'io perché avevo appuntamento con dei clienti, ero
tranquilla perché ero certa che avesse capito. Quando
siamo risaliti, abbiamo scoperto che Serena si era im-
piccata in cucina con la corda della persiana. Ci siamo
fatti prendere dal panico e abbiamo deciso di non dire
nulla e quella notte l'abbiamo sepolta in giardino. Prima ho voluto lavarla e pettinarla, l'abbiamo rivestita e
avvolta nel nostro copriletto…"

DIECI

Il Francese era incredulo. Dopo l'entrata in campo della coppia aveva subodorato che la vicenda si sarebbe rivelata una storiella del cazzo. Mesi trascorsi a immaginare Claire vittima di un brutale assassino o di un'organizzazione dedita alla tratta, e invece si era suicidata perché non poteva giocare alla famiglia felice con quei due stronzi che si erano ben guardati di salvargli il culo quando l'Ardizzone voleva incriminarlo. Se volevano tenersela avrebbero potuto trattare: il "pappone a sonagli" sarebbe stato disposto ad accettare un pagamento a rate per l'affrancamento. Aveva rischiato la galera e perso la *maison* per una puttana che si era messa una corda al collo. E quella grandissima faccia di cazzo dell'Ardizzone continuava a perseguitarlo.

Toni si sentiva trafitto da una spada di ghiaccio e avrebbe voluto vendicarsi con il mondo intero. L'unica grande consolazione era il pensiero di essere ormai del tutto scagionato: finalmente poteva tirare un respiro di sollievo e decidere di chiudere una volta per tutte la partita buttandosi il passato alle spalle, non prima di aver saldato un paio di conticini però.

Cercò di dormire, ma la notizia della confessione era già stata diffusa dai siti dei vari quotidiani locali e ormai stava dilagando sui social. Il Francese temeva che finisse col diventare di dominio pubblico anche quanto Moira Lavezzo aveva dichiarato su di lui. Soprattutto il soprannome. Rischiava di restargli appiccicato addosso per l'eternità.

La mattina dopo, come prima cosa, affidò all'avvocato il compito di limitare i danni. A qualsiasi costo.

«Quereliamo il primo che ci prova, gli altri poi staranno più attenti» lo tranquillizzò il legale, ricordandogli di passare in studio a lasciare un altro acconto. Tremila potevano bastare. Meno male che i risparmi di Claire erano ben lontani dall'esaurirsi.

Zanchetta evitò di rispondere ai giornalisti e decise di chiamare Lorella.

«Sono felice per te. E un po' anche per me» disse lei.

Toni si sforzò per eliminare ogni traccia della rabbia che lo dominava. «Davvero? Anche per te?»

«Perché non vieni a festeggiare a casa mia?»

Il Francese sapeva che doveva starle lontano per non rovinare tutto e si esibì in un numero di alto livello. «Correrei da te, ma adesso non posso» spiegò. «Questa brutta vicenda non è ancora terminata e voglio proteggerti. Sono ancora troppo coinvolto e intossicato dal male che mi hanno fatto per dedicarmi a qualcosa di bello e a cui tengo moltissimo. Rovinerei tutto, lo sento.»

Lei apprezzò, confondendo la menzogna per verità. «Allora ti aspetto. Chiamami quando ti senti pronto per me.»

Chiusa la telefonata, Toni fu costretto a riflettere sul

fatto che anche Lorella non era così sicura della sua innocenza. Si era fatta viva con tanto di invito per una scopata gratuita solo dopo la confessione della coppia dell'anno. Accarezzò l'idea di darle una lezione, ma da una come lei non c'era da aspettarsi altro. E in fondo aveva ragione. Il problema era che i papponi si trovavano all'ultimo gradino nella scala di gradimento della gente. Qualunque sia l'accusa, il ruffiano deve essere per forza colpevole.

D'un tratto, tutti quegli sforzi che si era sobbarcato per cambiare la propria immagine con la *maison*, le *mademoiselle* e il proporsi come macrò lo fecero sentire ridicolo. Alla fine si era trattato di un tentativo di rimuovere il passato, di fingere di essere "altro".

La vicenda non era abbastanza torbida per diventare un tormentone mediatico. Un *ménage à trois* senza delitto non stuzzicava la morbosità, e il suicidio, al contrario, suscitava una pietà fastidiosa in un'epoca di cattiveria generalizzata.

Toni ne fece le spese più del dovuto. L'Ardizzone non perse occasione per sottolineare le sue responsabilità morali e l'esosità dell'affrancamento. L'avvocato non poteva certo zittire un commissario della polizia di Stato, ma fu comunque efficiente nel seminare la minaccia di querele tra i giornalisti, nel caso fossero intenzionati a continuare a citarlo a sproposito.

Per fortuna le sue foto sulla stampa risalivano a un tempo ormai relativamente lontano. Il nuovo look sportivo era ancora poco noto ed era utile per circolare in città senza essere riconosciuto e additato. Il direttore di banca che gli doveva del denaro, infatti, fece fatica a ri-conoscerlo quando Toni si presentò a casa sua.

La sua situazione finanziaria era più che florida, ma il Francese riteneva il bancario colpevole di aver dato l'avvio alla vicenda e di non aver testimoniato a suo favore.

«Ho s-sentito che te la sei p-passata male» balbet-tò il *mona*.

«Per colpa tua, dato che non ti sei precipitato a te-stimoniare che stavo con te quando è scomparsa la ra-gazza. E se fossi stato io a chiamarti in causa avresti negato, giurato sulla tomba di tua madre che eri da un'altra parte e non incatenato a un termosifone ve-stito da sposa.»

«Per fortuna è finita bene» disse l'altro con un filo di voce.

«Ma il danno che mi hai procurato deve essere quan-tificato dal punto di vista economico, non credi? Fac-ciamo trentamila da aggiungere a quelli che mi devi, così diventano centomila tondi.»

Il direttore impallidì e capitolò. «D-d'accordo.»

«Passo a prenderli domani» annunciò l'ex macrò. «Immagino che tu, come tutti i ladri che si rispettino, non tenga il bottino in casa.»

«Ho bisogno di un po' di tempo.»

Zanchetta fiutò la fregatura. Il direttore, che aveva truffato qualche migliaio di risparmiatori, doveva aver fatto male i calcoli un'altra volta, convincendosi che lui sarebbe finito in galera per il rapimento e l'omicidio di Claire e non si sarebbe presentato a battere cassa.

«Ci conosciamo da tanto tempo, ed è meglio essere

sinceri per evitare incomprensioni» disse il Francese in tono ragionevole. «Dove sono i miei soldi?»

«Li ho investiti, ma in questi mesi il mercato azionario è in perdita. Ci vuole tempo per recuperare.»

«Mi stai chiedendo di avere pazienza?»

«Sì... Appena recupero la cifra mi faccio vivo.»

«Sei così stupido da pensare che mi accontenti di una promessa? Non credi sia meglio raccontarmi la verità?»

Il bancario sospirò di sollievo per quell'insperato accenno di comprensione da parte dell'ex macrò. «Mi sto finalmente riavvicinando ai miei figli e a mia moglie, ma per tornare a essere una famiglia dobbiamo lasciare definitivamente il Veneto. I ragazzi vorrebbero andare all'università a Urbino.»

«E...?»

«Ho dovuto comprare un appartamento in una frazione, in centro gli immobili costano uno sproposito. Ora vorrei vendere questa casa, ma sto ancora lavorando in regione e devo aspettare il trasferimento. Magari arriva dopo Natale, con l'anno nuovo.»

L'ex macrò non credeva a una sola parola ma alzò le spalle. «Cerca di non approfittare della mia bontà. I debiti vanno sempre pagati» disse con un gran sorriso, stringendogli addirittura la mano.

Il direttore, confuso ma riconoscente, lo accompagnò fino all'auto.

«Lo sai come mi chiamava Claire?» gli chiese Toni mentre apriva la portiera. «Il pappone a sonagli. Mi sono offeso, la considero un'autentica pugnalata alle spalle.» E quando la richiuse aggiunse a voce bassa: «Forse però non aveva tutti i torti».

Il Francese guidò per un centinaio di chilometri, rallentando qua e là per i banchi di nebbia, fino a una discoteca nella vecchia zona in cui viveva il direttore di banca prima che fosse costretto a trasferirsi per fuggire dal merdone delle truffe in cui si era cacciato.

Lì lo aspettava Stella, una PR un po' stagionata, decisamente navigata e con un gran senso degli affari che ogni tanto gli segnalava possibili future professioniste. La conoscevano tutti specialmente per il suo ciuffo blu cobalto, diventato un segno distintivo.

Un buttafuori lo condusse nell'ufficio della donna.

«Di cosa hai bisogno?» chiese lei andando dritto al punto.

«Vorrei diffondere un video piccante.»

«Del genere rovinafamiglie?»

«Esatto.»

«Non deve essere pietoso o strappalacrime, ma gustoso.»

«Io lo trovo anche divertente.» Toni pescò dalla tasca il telefonino e fece partire il video.

«Guarda un po' chi c'è! Lo sterminatore di risparmi!» esclamò Stella quando riconobbe il funzionario mentre si faceva sodomizzare da Valérie. «Tremila» valutò restituendogli il cellulare.

«Mi sembra una cifra fuori mercato.»

Stella ridacchiò. «Speravi che lavorassi gratis dopo aver visto di chi si trattava, vero? Questo video diventerà virale e non si sa mai cosa può tornare indietro da lanci del genere. E comunque tu non sei un giglio di campo: chissà che cazzo c'è sotto questa storia.»

Altre banconote appartenute a Claire cambiarono

proprietario. Il funzionario di banca aveva le ore contate, poi la sua vita sarebbe andata in mille pezzi. Ne avrebbero pagato le conseguenze anche moglie e figli, ma a Toni non interessava. Che si fottessero. Se quel giorno non avesse fatto i capricci, lui non avrebbe dovuto correre via mollando nel parcheggio Claire, che sarebbe andata dal suo cliente invece che dai Bortolami a impiccarsi, e a quell'ora lui avrebbe avuto ancora la *maison*. E comunque il direttore era stato così fesso da tentare di fregarlo.

Il Francese tornò in città, cercò un locale dove mangiare un boccone e attese l'una del mattino per andare a bussare alla porta del retro di un ristorante. Spuntò un lavapiatti magrebino con un grande sacco dell'immondizia in mano.

«Cerco Taulant, digli che sono il Francese.»

Attese per qualche minuto mentre i morsi del freddo iniziavano a farsi sentire, poi finalmente la porta si riaprì. Il dipendente era stato sostituito da Bledar, il braccio destro dell'uomo che cercava.

Fece un mezzo sorriso. «Il vecchio ti aspetta in sala.»

Taulant Kasapi aveva passato da un po' i settanta. Lunghi capelli bianchi ancora folti e un corpo che sembrava un vecchio bastone nodoso. Toni l'aveva conosciuto quando importava dal suo Paese donne addomesticate da mettere sulla strada. Aveva saputo, negli anni successivi, adattarsi ai cambiamenti epocali nel mondo della prostituzione, sopravvivere alle inchieste, agli inevitabili scontri con le bande rivali. Ora trafficava in stupefacenti, farmaci, ma soprattutto armi. Era ancora al suo posto perché era furbo e feroce. Tuttavia non tirava mai fregature di sua iniziativa. Osservava una sorta di codice che per il Francese non era altro che un ammasso di cazzate d'altri tempi.

I loro rapporti erano sempre stati caratterizzati da stima e rispetto reciproci. Toni aveva dimostrato di saper tenere la bocca chiusa e il boss aveva gradito. Kasapi gli aveva anche salvato la pelle quando le forze dell'ordine avevano iniziato a smantellare le organizzazioni della tratta albanese e qualcuno aveva proposto di tappare la bocca a Zanchetta perché sapeva troppo: in particolare, conosceva l'ubicazione del "cimitero" dove venivano sepolti i cadaveri delle ribelli, delle fuggitive e delle sfortunate in stato di gravidanza.

"Non parlerà" aveva sentenziato Kasapi, e infatti così era stato.

Dal giorno stesso in cui era scomparsa Claire, Toni avrebbe voluto contattarlo per avere consigli, ma si era ben guardato dal fargli visita per evitare di portarsi dietro gli sbirri. In pochi sapevano che Taulant aveva spostato la base dalla Lombardia al Veneto.

Chiacchierarono del più e del meno, poi il vecchio gli chiese il motivo della visita.

«C'è una sbirra che non mi dà pace. So che hai un paio di buoni contatti in questura e mi domandavo se fosse possibile trovare qualche argomento per metterla a cuccia. Si chiama Franca Ardizzone.»

«La conosciamo. Da quanto mi hanno riferito il commissario non è avvicinabile e non ci sono peccati da rinfacciarle. In passato ci ha procurato guai, per fortuna non così seri, ma abbiamo perso due validi elementi. E uno era mio nipote.»

«Si è messa in testa di farmela pagare.»

Taulant lanciò un'occhiata al braccio destro, che si affrettò a riempire i loro bicchieri. «Devi scusarmi per la franchezza, Toni: lo sai che mi piaci, ma l'unica cosa che puoi fare è lasciare la città e farti dimenticare» disse in tono quasi affettuoso. «Hai commesso tanti errori: hai perso la testa dopo la scomparsa della tua puttana, hai ceduto la tua attività a Jelena Ristović in cambio di nulla, ti sei fatto strapazzare sui giornali e sei stato al loro gioco rilasciando interviste. In questo ambiente sei finito, non hai futuro, sei bruciato.»

«Hai ragione, mi sono fatto prendere dal panico, ma lo sai anche tu che quelli come me non possono finire dietro le sbarre.»

«Panico» gli fece eco Taulant. «L'unico vero nemico che dobbiamo tenere sempre fuori dalla porta. Mi fa piacere che tu sia sincero e ammetta di non essere stato all'altezza. Ora sai cosa devi fare per non ritrovare quella sbirra sulla tua strada. E non commettere l'errore di cambiare settore, perché il marchio di essere stato un magnaccia non riuscirai a cancellarlo. Goditi i soldi, sposa una brava donna.»

Toni uscì dal locale triste e frastornato. Cambiare aria e progettare un nuovo futuro non era così semplice. Per prima cosa, la mattina dopo, per rendere più difficile la vita all'Ardizzone si procurò nuovi numeri telefonici e andò a fare visita a un ex cliente, titolare di un'agenzia immobiliare.

«Voglio mettere in vendita il mio appartamento» spiegò.

«È vuoto o ci vivi ancora?»

«Vorrei liberarlo in fretta. Mi servirebbe un affitto discreto dove trasferirmi per qualche mese.»

«Per "discreto" intendi senza contratto e segnalazione in questura?»

«Esatto. Pensi che si possa fare?»

«Certo. Basta pagare» rispose l'uomo in dialetto. «Immagino ti serva anche una ditta di traslochi altrettanto "discreta".»

«E sono certo che tu ne conosca una a cui si adatta il vecchio adagio "basta pagare".»

«La magia del contante. E pensare che qualche *mona* vorrebbe farlo sparire. Ti immagini cosa succederebbe dalle nostre parti? Si fermerebbe tutto.»

Una settimana più tardi, Toni era comodamente alloggiato in un nuovo appartamento. Purtroppo si trovava in un nuovo quartiere residenziale a ovest della città, abitato da quella classe media che non poteva più permettersi di vivere in centro. Un trivano all'ultimo piano di una palazzina con sei appartamenti, alla modica cifra di duemila euro al mese. Parte dei suoi mobili era finita in un magazzino, ma il Francese sapeva già che quando se ne sarebbe andato non avrebbe portato nulla che potesse ricordargli la vecchia vita.

Com'era prevedibile, stava via via calando l'interesse intorno al caso di Serena. L'autopsia aveva confermato il racconto della coppia: la ragazza si era suicidata, i due sarebbero stati processati per occultamento di cadavere. L'amico cronista lo aveva informato che ora si detestavano, gli avvocati stavano già preparando le pratiche per la separazione.

Il Francese continuava a credere che, anche se non lo meritavano, se la sarebbero cavata a buon mercato, e lui non avrebbe potuto farci niente. Erano incensurati, vittime della pessima influenza di una giovane bagascia che aveva fatto credere loro di essere incinta. Nella sua testa, li vedeva già scarcerati.

Al contrario, il direttore di banca continuava a furoreggiare sui social. Toni stesso era rimasto stupito dalla cattiveria pseudo-moralistica della gente – piacevolmente stupito, perché finalmente riconosceva nelle persone comuni quello che aveva sempre pensato della vita. Veri e propri ragionamenti che gli appartenevano, e che giustificavano anche le azioni peggiori che aveva commesso nella sua carriera criminale. Qualche baciapile si era appellato alle solite stronzate come la pietà, la comprensione, l'innocenza di moglie e figli... ma fortunatamente era stato fatto a pezzi. Dileggiato, nel migliore dei casi; minacciato, quando si dimostrava incauto e insistente.

La voglia di sesso lo spinse a prendere l'auto per tornare nella pizzeria delle milf. Non aveva nessuna intenzione di finire a letto con la milanese, ma di esplorare una fascia di età più bassa. Prima di avere il tempo di arrivarci, però, il cellulare che usava per comunicare con l'avvocato squillò. Era un orario insolito, lo studio era chiuso da un pezzo.

«La tua amica monca mi sta sfracellando i coglioni. Questa sera mi ha aspettato sotto casa.»

«Oh, cazzo. Cosa voleva questa volta?»

«Mi ha detto di riferirti che devi andare a trovare una persona in ospedale.»

«Chi?»

«Mi ha dato solo il nome del reparto e il numero della stanza.»

Il Francese continuò a guidare per alcuni minuti, poi masticò tra i denti una lunga serie di imprecazioni e fece inversione.

UNDICI

Il letto era vuoto. Sulla sedia a fianco sedeva Isabelle.
«Ora è sotto i ferri.»

«Chi?»

«Valérie. È stata investita da un'auto. "Pirata" hanno detto i vigili, ma noi sappiamo bene chi c'era al volante.»

Noi. Isabelle era ancora la prima persona a cui la sua ex protetta confidava i guai della sua nuova vita.

«Quanto è grave?»

«Non lo so. Qui non ti dicono mai un cazzo. Proprio oggi pomeriggio Valérie aveva annunciato a quegli stronzi a cui l'hai venduta che non dovevano cercarla più. Era disperata, esattamente come le altre. E sai cosa è successo? L'hanno stuprata in quattro e, quando ha provato a tornare a casa, un'auto l'ha investita mentre attraversava la strada.»

Aveva alzato la voce, la paziente che condivideva la stanza con Valérie rischiava di svegliarsi.

«Andiamo a parlare fuori» le sussurrò Toni.

Lei afferrò la borsa e lo seguì fino a un atrio deserto.

Il Francese si allontanò di un paio di passi e pigiò il pulsante dell'ascensore.

«Dove cazzo credi di andare?» ringhiò Isabelle.

«A casa a dormire. Qui non posso fare nulla. E stai lontana dal mio avvocato.»

La donna scosse la testa, disgustata. «Comunque con questo nuovo look continui a sembrare quello che sei sempre stato: un uomo di merda» lo insultò con il sorriso sulle labbra. «Non sei riuscito a eliminare la puzza di fogna.»

Zanchetta entrò nell'ascensore ed evitò il suo sguardo di disprezzo fino a quando non si richiusero le porte.

Guidò fino al paese termale dove Chantal, all'anagrafe Orietta Avesani, viveva in una delle tante villette a schiera costruite nei primi anni Duemila ai lati di vie alberate e anonime.

L'ex macrò si fermò a una cinquantina di metri di distanza dall'edificio, assicurandosi di avere una buona visuale sul cancello, e abbassò il sedile. Dormicchiò fino a quando la luce e il freddo pungente non iniziarono a infastidirlo, quindi si guardò attorno alla ricerca di un posto discreto per pisciare e riprese la sorveglianza.

In realtà, molto più semplicemente aspettava che la sua vecchia *mademoiselle* accompagnasse a scuola la figlia. Le elementari che frequentava non erano così vicine: Chantal aveva scelto un istituto privato di un ordine religioso piuttosto esclusivo in città e, visto il traffico mattutino decisamente intenso, quella povera bambina era costretta a svegliarsi prima delle sue compagne. La sua ex protetta voleva garantire all'unica figlia un destino diverso dal suo. Salvare il futuro della prole era il chiodo fisso delle puttane, anche a costo di tirare fregature colossali alle colleghe e ai macrò.

Le professioniste che si trasformavano in mezze *maîtresse* come lei erano di solito una razza a parte: Toni ne aveva viste una sfilza con ambizioni così nella sua disonorata carriera, e per questo era certo che la perfida Orietta fosse salita di grado solo grazie al russo. D'altronde, da quel che raccontava Isabelle, era diventata la sua donna e obbediva ciecamente ai suoi ordini.

Il Francese sbadigliò. Cosa avrebbe dato per un succo di frutta alla pera a temperatura ambiente e un cornetto alla crema… Avrebbe potuto prendersela comoda e aspettare la sua ex protetta davanti alla scuola, ma c'era il rischio che proprio quella mattina la bambina venisse accompagnata dal nonno.

Invece, una quarantina di minuti più tardi vide uscire dal passo carraio un'auto nuova di zecca con a bordo Chantal e la piccola. Le seguì pigramente e senza nessuna fatica ascoltando notiziari, pettegolezzi e classici di liscio trasmessi da una frequenza locale. Si era portato dietro l'abitudine alla radio dai giorni di clausura forzata post sputtanamento mediatico e, anche se non era un appassionato di musica liscia, la conduttrice aveva una voce che gli era sempre piaciuta, tanto che ogni volta si riprometteva di piazzarsi davanti alla sede dell'emittente per vederla dal vivo.

Finalmente la figlia scese dalla macchina, salutò la mamma con un bacio e corse allegra verso la suora che accoglieva le alunne. Chantal mise la freccia e stava per ingranare la marcia quando il Francese si infilò nell'auto, accomodandosi al posto del passeggero. Lei fece per cacciare un urlo, poi lo riconobbe.

«Che cazzo vuoi?» chiese con voce tremante.

«Complimentarmi con te» rispose lui in tono tranquillo, appoggiando le mani aperte sulle cosce per farle capire di non avere intenzioni aggressive. «Devo riconoscere che sei stata abile e che ora meriti di gestire la *maison*. Da quello che è successo a Valérie intuisco che hai scelto la linea dura, ma ognuno porta avanti gli affari nel modo che ritiene più opportuno.»

«Valérie si è sempre data troppe arie e se l'è cercata» ribatté lei. «Ma non sei entrato nella mia auto per parlare di lei e tantomeno per lisciarmi.»

«Ti sbagli, i complimenti sono sinceri» disse Toni. «Però una domanda ce l'avrei e ti pregherei di rispondere con sincerità.»

«Ti ascolto.»

«Quando Semën ha iniziato a ronzarti attorno, avevano già deciso di fottermi il giro?»

Lei lo fissò come se fosse pazzo. «No. Lo escludo.»

«E perché ne sei così sicura?»

«All'inizio volevano solo aprire un nuovo canale di spaccio e capire quanti soldi rendeva la *maison*. Quando è scomparsa Claire hanno deciso di approfittare della tua condizione di debolezza.»

«E se non si fosse creata questa opportunità?»

«Semën mi ha detto che ti avrebbero offerto del denaro: poco, in realtà. Era convinto che avresti accettato una miseria, perché "uno che si accontenta della metà dell'incasso di una puttana non vale niente come uomo e ancora meno come macrò".»

Il Francese incassò l'insulto, costringendosi a ringraziarla prima di aprire la portiera.

Il tono di Chantal si fece minaccioso: «Non ti permettere più di mancarmi di rispetto con queste improvvisate, altrimenti lo dico a Semën e sai che te la farà pagare cara».

Toni represse un sorriso. Parlava già come un boss della mala. «Non capiterà più» promise in tono remissivo. «Ti chiedo scusa per come mi sono comportato, ma dovevo togliermi questo dubbio.»

Scese, la guardò partire sgommando e andò a cercarsi un bar. Mentre sbocconcellava una brioche, rianimata in forno dopo un lungo periodo di congelamento, si disse che tutto sommato la versione della sua ex protetta era credibile. Ma questo non cambiava il fatto che le sarebbe servita una lezione.

C'era, in centro, lo studio di una psicologa che bazzicava il tribunale dei minori. In tempi non lontani Toni l'aveva aiutata a uscire da un certo impiccio che sarebbe potuto costarle caro. Ogni tanto le piaceva organizzare piccole orgette lesbo e sadomaso, e il Francese le procurava una *mademoiselle* specializzata in certi giochi. Una volta però si era verificato un incidente con la cera fusa e il macrò era stato costretto a portare la sua protetta in un ospedale della provincia, dove conosceva un medico.

Adesso era arrivato il momento di incassare il credito. Toni prese la macchina e raggiunse il centro. Trovare parcheggio fu una fatica.

La dottoressa lo ricevette immediatamente. Quando si sedette alla sua scrivania il Francese notò che non era cambiata affatto: capelli biondo cenere, gioielli finto etnici di fattura pregevole e costosi e un volto dai lineamenti duri, appena ammorbiditi dalle labbra carnose.

«Cosa posso fare per lei?» chiese in tono professionale, senza riuscire a celare la preoccupazione per quella visita improvvisa da parte di un personaggio tanto discusso.

«Per me nulla» rispose tranquillizzandola. «Sono venuto per portarla a conoscenza della triste e pericolosa situazione in cui versa una bambina di soli otto anni.»

«Non sono la persona giusta: dovrebbe segnalare la famiglia ai servizi sociali o alle forze dell'ordine.»

«No. Lascio a lei questa incombenza perché ha le conoscenze giuste» ribatté il Francese con un tono che non ammetteva repliche.

La psicologa abbozzò un assenso e gli fece segno di continuare.

«Il padre è un ludopatico irrecuperabile. La madre invece è una prostituta, legata a un pericoloso pregiudicato di nazionalità russa a capo di un'organizzazione dedita alla tratta, che la obbliga a spacciare cocaina ai clienti.»

La professionista sbuffò. «Cosa vuole esattamente, Zanchetta?»

«Che la bambina venga data in affidamento e la madre non possa rivederla mai più.»

«Serve qualcosa di più convincente.»

«La bambina è in serio e immediato pericolo perché rischia di essere vittima della tratta e venduta a pedofili.»

«Così va meglio. In ogni caso, una volta raggiunta la maggiore età la figlia potrà fare quello che desidera.»

Il Francese alzò le spalle. «Mi posso accontentare.»

Per sveltire la faccenda, qualche giorno più tardi Toni informò l'amico giornalista della tragica condizione in cui versava la minore. Non appena il cronista iniziò a tempestare di domande il commissariato venne invitato ad assistere al salvataggio della bambina. Orietta Avesani alias Chantal, totalmente all'oscuro e in preda alla disperazione e alla rabbia, venne alle mani con due agenti della municipale e finì arrestata per lesioni e minacce a pubblico ufficiale. I social gongolarono e anche il Francese gioì come un bambino la mattina di Natale. Si concedette una notte di bagordi, e al risveglio pensò che era consigliabile cambiare aria. Si spostò così temporaneamente a Bologna, occupando il tempo a organizzare il trasferimento dei risparmi e altre incombenze finanziarie.

Torino, dove gli avevano proposto di investire in un locale del centro, fu la tappa successiva. Trascorse alcuni giorni a osservare avventori con il vizio di sniffare e spacciatori liberi di andare e venire, quindi declinò l'offerta. La città gli piacque sul serio, però. Non conosceva Torino e la trovò bella e ospitale, con un sacco di giri interessanti, ai quali fu introdotto da una procacciatrice d'affari che si era costruita una buona rete di contatti lavorando come ufficio stampa di una nota industria locale. Per tenersela buona il Francese investì una cifra non particolarmente impegnativa in un'azienda di montagna che produceva formaggi d'alpeggio. Bio, ovviamente.

Alla fine rimase due settimane. Trascorse le feste tra ricevimenti, party e un veglione quasi indimenticabile e ripartì, ingrassato di un chilo, ma abbastanza convinto di aver trovato un buon posto dove ricominciare.

DODICI

Il Francese scese dall'auto e il sicario uscì dal buio armato di una pistola silenziata. Non sparò subito, ma attese che la vittima percepisse la sua presenza.

Toni si voltò e riconobbe Semën Dmitriev. Prima che il russo tirasse il grilletto fece in tempo a pensare che lo stava uccidendo per vendicare Chantal, sprofondata nell'inferno che meritava, e a rammaricarsi di aver commesso l'errore di giudicare sicura la nuova abitazione. Il primo proiettile gli si ficcò tra il collo e la spalla, il secondo in pieno petto. Il macrò si appoggiò al muro del palazzo per non crollare, in attesa del colpo di grazia.

Semën si avvicinò con il braccio teso e un ghigno di trionfo stampato sul muso, ma un cane iniziò ad abbaiare furiosamente a una decina di metri di distanza, trattenuto a stento dalla padrona, che strillava più forte di una sirena. Il russo non era un fesso e indietreggiò nel buio. Toni si lasciò scivolare a terra. Per tanto tempo si era chiesto cosa si provasse a beccarsi un pezzo di piombo rovente nella carne: aveva conosciuto il dolore lancinante della lama, ma prima di perdere i sensi pensò che quello non era nulla in confronto a ciò che provava ora.

Era convinto di essere morto, ma da un luogo lontano che non riusciva a definire continuava a sentire voci, e mani che toccavano il suo corpo, addirittura la sirena di un'ambulanza. Poi all'improvviso si ritrovò in un'altra dimensione, come se fosse precipitato in un sonno profondo.

Riprese conoscenza due giorni più tardi, circondato da medici e infermieri tranquillamente affaccendati a salvargli la vita. Rimase solo per qualche istante, poi entrò Isabelle.

«Lo sapevo che non saresti morto» disse. «Quelli come te schiattano sempre per ultimi. I giornali hanno sottolineato che sei stato vittima del primo fatto di sangue del nuovo anno, magari ti danno un premio, il sindaco in persona ti consegna una targa.»

Il Francese cercò di parlare, ma aveva la gola in fiamme e si limitò ad alzare appena una mano con l'intento di mandarla a quel paese.

La donna indicò la porta della camera. «Fuori c'è l'Ardizzone, che non vede l'ora di interrogarti. I medici le hanno spiegato che non sei in grado di rispondere, ma sai anche tu com'è fatta. Piuttosto, è tornata con quel ragazzone di Roncelli, il suo partner, che si lustra gli occhietti con il mio culo e le mie tette. Non ho ancora capito se si è accorto che mi manca un pezzo, perché nel caso ne fosse informato una bella scopata me la farei anche... Mi sono sempre piaciuti i bei manzi in divisa. Ti ricordi quel capitano dei carabinieri che si presentava sempre con i cioccolatini?»

Isabelle straparlava e Toni non aveva abbastanza energie per zittirla. «... E così sono diventata la badante dei feriti della *maison*. Valérie sta molto meglio, e stranamente non parla così male di te. Non fa altro che ricordare le tue raccomandazioni di mettere via i soldini, che ora le faranno comodo perché le salveranno il culo che ormai nessuno vuole più. Ma tu, dato che sei foderato di quattrini, appena starai meglio gliene darai altri, non è vero? Devi risarcirla, è solo colpa tua se è stata investita. Dovresti vederla: la bella donna di un tempo è diventata un cesso. Peggio di me, ci credi?»

Toni individuò il pulsante per chiamare il personale e lo pigiò fino a quando non arrivò un infermiere, che ordinò alla bella rossa di uscire. Nonostante fosse pesantemente stordito dai farmaci e spossato dal dolore, Toni aveva udito perfettamente le parole della sua ex *mademoiselle*. Se avesse potuto rispondere le avrebbe spiegato che non si diventa macrò per dedicarsi alla beneficenza. Le puttane vanno e vengono, e le sue erano state delle privilegiate.

Nemmeno la paura incredibile di morire era riuscita ad aprire crepe nella solida corazza che si era costruito negli anni. Il Francese ne era stupito, pensava che certi momenti cruciali della vita fossero in grado di mutare nel profondo l'animo delle persone. In qualche modo, aveva addirittura sperato che accadesse.

Si appisolò con quel pensiero e si risvegliò oppresso da ricordi poco piacevoli, circostanze in cui si era comportato come il peggiore dei bastardi anche quando non era così necessario avere la mano pesante. Se avesse creduto nella favoletta del paradiso e dell'inferno, quello sarebbe stato il momento di chiamare un prete – e certamente non uno di quelli che aveva conosciuto come clienti.

I pensieri attraversavano la sua mente con lentezza ovattata e in un raro momento di lucidità comprese con sollievo che era la "chimica" a farlo sragionare in quel modo. Avrebbe voluto iniziare a considerare il problema Semën, ma non ci riusciva: il suo volto, la sua mano armata apparivano e scomparivano. Le immagini gli ricordavano i manifesti dei film di quando era ragazzino. Si riaddormentò con la certezza che il russo indossasse un cappello da cowboy.

«Se la sente di rispondere a qualche domanda della polizia?» chiese il medico al termine della visita. «Il commissario Ardizzone ha piantato le tende in reparto.»

Toni annuì. «Quando pensa che potrò tornare a casa?»

«Se tutto va bene, tra una decina di giorni. È stato fortunato: un proiettile ha trapassato il trapezio, la lacerazione era profonda e si dovrà rassegnare a soffrire qualche acciacco supplementare in vecchiaia. L'altro si è deformato impattando contro la muscolatura e lo sterno, e si è fermato a tre centimetri buoni dal cuore.»

«Mi riprenderò in fretta?»

«Dipende dalla tenacia con cui affronterà la riabilitazione.»

«Risposta da medico.»

L'altro sorrise. «Faccio entrare il commissario.»

L'Ardizzone non era sola: ad accompagnarla c'era Guido Roncelli, con la sua solita aria da sbirro tronfio.

«Un vero peccato che tu non sia morto, Zanchetta» esordì il sovrintendente capo. «In ogni caso ci tocca indagare, e sarebbe carino da parte tua dirci chi ti ha sparato.»

Il Francese non rispose e fissò la Ardizzone, che si era seduta accanto al letto. «Mandalo via» le disse passando al tu. Si era stancato delle buone maniere.

Roncelli si inalberò. «Ehi, con chi cazzo credi di parlare? E non dare del tu al commissario.»

«Vai a bere un caffè, Guido» intervenne l'altra in tono imperioso.

Il sovrintendente arrossì e pestando i piedi si avviò verso la porta.

«È un coglione» commentò Toni.

«No, è un ottimo poliziotto. Solo che non riesce a rimanere indifferente di fronte ai criminali.»

«E tu, invece?»

Lei finse di non aver sentito e ritornò sull'argomento: «Allora, chi ti voleva morto?».

«Non lo so. Aveva il volto coperto.»

«Non cominciare con le cazzate: la signora con il cane che ti ha salvato è certa di averlo visto in faccia e ci ha aiutato a redigere un identikit.»

«E a chi assomiglia?»

L'Ardizzone scosse il capo. «La teste era così terrorizzata che ha descritto un mostro delle fiabe. Invece tu hai potuto vederlo bene, dato che ti stava davanti quando ha sparato.»

«Anch'io ero spaventato e ho visto solo la pistola.»

La poliziotta si guardò il palmo delle mani come se dovesse leggere il destino e poi si alzò, spostandosi alla finestra. «Il tentato omicidio non ha nulla a che fare con il caso di Serena Perin, che ormai è storia vecchia. Si tratta di una faccenda di malavita, maturata nel mondo dei magnaccia. Forse hai pestato i piedi a qualcuno, come dice Fabrizia, la tua amica con i capelli rossi.»

«Non darle ascolto. Non ci sta più con la testa, da quando le hanno segato il braccio.»

«Che sia matta non ci sono dubbi: ti odia con grande trasporto, ma farla sloggiare dal reparto è stata una vera impresa per il personale» concordò il commissario. «Però è sicura che a spararti sia stato un killer della banda di Jelena Ristović, magari lo stesso che ha investito e quasi ucciso Bedendo Consuelo, a cui hai imposto il nome d'arte di Valérie. Fabrizia mi ha raccontato che eri andato a chiederle un alibi. Lei giustamente ha rifiutato, e allora, preso dalla disperazione, hai barattato il tuo giro di affari con tre testimoni falsi e le tue *mademoiselle* sono finite nelle mani della Ristović.»

Toni si infastidì per la voce compiaciuta della poliziotta. «Se tu non avessi deciso di perseguitare un innocente e se Isabelle non si fosse rifiutata di aiutarmi, a quest'ora non ci troveremmo in questa situazione.»

La Ardizzone si toccò la fronte. «Ragionare da pappone non ti ha aiutato: hai offerto esseri umani in cambio della libertà, e l'unico risultato che hai ottenuto è stato una condanna a morte.»

Lui imitò il suo gesto. «E tu ragioni da sbirro: secondo te dovevo passare il resto della mia vita in galera perché non sei capace di fare il tuo lavoro, senza nemmeno tentare di difendermi?»

«Lo sai come la penso: la galera te la meriteresti comunque. Sei solo un criminale che l'ha fatta franca per troppo tempo.»

«Ehi, commissario, ricordati che ti stai facendo bella per aver scoperto la verità su Serena Perin, dimenticando che senza di me non avresti mai risolto il caso.»

La donna spazzò l'aria con un gesto sprezzante della mano e cambiò discorso. «Fabrizia ha convinto Valérie a parlare con me. Mi ha confidato il tuo vero alibi: il direttore di banca vestito da sposa, lo stesso che "qualcuno" ha fatto crocifiggere dai social. Per quasi tre ore, tra sigarette e bicchierini di amaro, mi ha costretto a immergermi nelle miserie di donne e uomini che arricchiscono le persone come te. Ora capisco perché Serena ha preferito uccidersi piuttosto che continuare a fingere di chiamarsi Claire.»

«Questa è morale spicciola» ribatté Zanchetta. «Tutti hanno desideri sessuali inconfessabili, ma non tutti hanno il coraggio di pagare per esaudirli; molti si rassegnano a fingere di essere normali mentre si sentono morire perché non riescono a godere come vorrebbero.»

Il commissario capo era stanco di quello scambio di opinioni. «Voglio essere sincera, e non parlo da poliziotta: indagherò sul tuo tentato omicidio solo perché credo sia opera degli stessi soggetti che hanno tentato di ammazzare Valérie. È lei che merita giustizia.»

Toni era furibondo e deciso ad avere l'ultima parola: «A proposito di giustizia, Valérie ti avrà senz'altro raccontato di qualche tuo collega che ha usufruito dei servizi della *maison*».

«E oggi fatico a guardarli in faccia» rivelò la poliziotta prima di uscire dalla stanza.

Il cuore di Toni batteva all'impazzata, il fiato era corto. Chiamò l'infermiera di turno e le disse con onestà: «Ho voglia di staccare, di dormire fino a domani mattina».

«Ci penso io.»

L'ospedale si risvegliava ogni mattina alle sei. Per allora quel giorno Toni aveva riaperto gli occhi già da un po', ma fingeva di essere immerso nel sonno per sfuggire a Isabelle, che, chissà come, era riuscita a penetrare le difese del reparto e a fargli visita fuori orario.

«Lo so che sei sveglio» disse lei dopo un po'. «Ho trascorso non so più quante notti con uomini di tutti i tipi: vuoi che non mi accorga se uno finge di ronfare?»

Il Francese aprì gli occhi. «Che cazzo vuoi veramente?» chiese in tono bellicoso. «Mi stai sempre addosso, parli a sproposito con gli sbirri e...»

La rossa lo interruppe. «Mi occuperò io della tua convalescenza. Ti aiuterò a rimetterti in forma, così potrai dare una mano all'Ardizzone a trovare chi ha ridotto Valéric in quello stato.»

Lui tentò di ribattere, ma Isabelle gli posò un dito sulle labbra. «Lo devi a lei e alle altre ragazze. Tu e il commissario toglierete di mezzo la banda Ristović, e rimetteremo in piedi la *maison*. Noi femminucce, s'intende: tu ti sei chiamato fuori nel momento in cui hai deciso di tradirle. Ho già parlato con tutte, sono d'accordo. Io e Valérie gestiremo il giro e ci terremo il dieci per cento.»

«*Sex workers.*»

«Esatto.»

Toni pensò subito che la monca e la sciancata non sarebbero state in grado di tenere in piedi l'attività per più di un paio di mesi. «Non devo niente a nessuno. Non alla sbirra che voleva sbattermi in galera da innocente, non a Valérie e tantomeno a te.»

Isabelle corrucciò le labbra in una smorfia di scherno. «Ne sei sicuro? Vorrei che tu riflettessi sul fatto che ti sto offrendo la possibilità di uscire di scena con un minimo di dignità. Ma se anche quello non ti interessa, sappi che se rifiuti di collaborare racconterò all'Ardizzone di Désirée.»

Il Francese ridacchiò. «Non le ho fatto nulla, semplicemente mi ha fregato ed è scomparsa. E tu lo sai.»

Isabelle si strinse nelle spalle. «Può darsi, ma sono certa che il commissario troverà la faccenda interessante.»

«Non riuscirai a obbligarmi a fare un bel niente» scattò Toni, cercando invano di tirarsi su.

«È arrivato il momento di pagare il conto, Francese» sussurrò la rossa prima di scivolare fuori dalla stanza.

Toni doveva sottrarsi alla follia di Isabelle, e l'unico modo per farlo risultava particolarmente costoso ma necessario. Su suggerimento del primario contattò una clinica privata in Valle D'Aosta specializzata in riabilitazione fisiatrica e postoperatoria, noleggiò un'ambulanza e scomparve due giorni prima delle dimissioni ufficiali.

La struttura era moderna e ben attrezzata, la stanza luminosa, con una bella vista sulle montagne coperte di neve. Persino il cibo non era affatto male. Eppure, qualche giorno dopo essere arrivato, Toni cadde in depressione. O, almeno, se ne convinse a causa dello stato di prostrazione psicologica che non riusciva a superare.

Inviò un messaggio a Lorella Sinico. "Ti andrebbe una

videochiamata? Sono Toni" specificò, dato che aveva cambiato numero. Aveva bisogno di guardare un volto amico, di ascoltare parole affettuose.

Lei in quel momento era in auto e si fermò alla prima piazzola di sosta. Il segnale era ottimo, comunque. «Sto andando da un cliente.»

«Se devo essere sincero mi aspettavo che ti facessi viva. Non capita tutti i giorni di venire preso a pistolettate» tentò di scherzare il Francese.

Lei non sorrise come lui si era aspettato. «Non voglio avere a che fare con uomini a cui sparano. Mi spiace.»

«Si tratta solo di uno strascico del vecchio mestiere, ora ho cambiato vita.»

«Non è questo il problema, Toni… Non sono di primo pelo, so benissimo che se non ti hanno ucciso questa volta ci riproveranno. Hai un bersaglio stampato sulla schiena, lo sai anche tu.»

Da quel momento, l'umore di Toni peggiorò. La tristezza che lo assediava era insopportabile. Se ne accorsero anche medici e infermieri.

Una mattina si presentò in camera sua un tizio senza camice. «Sono il dottor Artaz, il consulente psichiatrico della clinica» si presentò. Barba e capelli bianchi leggermente lunghi sulla nuca, il volto rubizzo di chi ama stare all'aria aperta. Toni pensò che sembrava un montanaro fatto e finito. «In realtà siamo in due, ma la collega è una donna e ho preferito venire io perché ritengo che lei abbia un rapporto distorto con tutto ciò che concerne il femminile.»

Zanchetta reagì male. «Ha già fatto la diagnosi? Tra l'altro non ho nemmeno richiesto questo consulto.»

L'uomo sorrise e indicò le cime fuori dalla finestra. «Lei non è abituato a questi panorami. Sono belli, ma a volte intristiscono.»

«Non lo so, non ci ho fatto caso.»

«Il personale riferisce che mostra evidenti segni di depressione. Lei come si sente?»

«Terribilmente triste.»

Il medico, con esagerata lentezza, prese un taccuino e riportò quelle parole, ripetendole piano mentre scriveva.

«Comunque sarei anch'io depresso se mi avessero sparato» ammise, rimettendo il cappuccio alla stilografica.

Il Francese però voleva chiarire subito una faccenda. «Mi spieghi perché ha scelto di non coinvolgere la sua collega.»

«Lei è abituato ad avere un atteggiamento manipolatorio nei confronti delle donne. Lo avrebbe usato anche con la dottoressa, e avreste perso tempo entrambi.»

«Cosa ne può sapere dei miei modi di fare?»

«Pensa davvero che la clinica non abbia raccolto tutte le informazioni possibili su un paziente ricoverato per riprendersi da un tentato omicidio? Suvvia, signor Zanchetta, lei è un pregiudicato di vecchia data, non finga di essere uno sprovveduto.»

«Vedo che è abituato a essere diretto» apprezzò il Francese. «E voglio esserlo anch'io. Che cosa posso aspettarmi da lei? Non posso tornare in circolazione conciato così.»

«Nessun terapeuta è in grado di assicurarle il risultato che desidera» rispose. «Lei rimarrà qui con noi un altro mese. Le consiglierei di iniziare una terapia farmacologica a base di fluoxetina, che comunque inizierà a fare effetto non prima di una quindicina di giorni, e una serie di colloqui con il sottoscritto.»

«Dovrò parlare della mamma che non mi ha allattato e della vicina di casa con le tette grosse?»

Un altro sorriso, questa volta di complicità. «Lo vede? Ha citato donne e solo donne. Se però è convinto di dover mentire perché io non venga a conoscenze di certe cose, è meglio lasciar perdere.»

«Non potrei mai essere completamente sincero con lei, perché certe cose non si raccontano nemmeno al prete che ti confessa in punto di morte.»

Ma la verità era che, dietro le frasi da gradasso, Toni si sentiva irrimediabilmente perduto. L'istinto della strada gli suggeriva di mandare lo psichiatra a cagare, ma per la prima volta non era certo di essere in grado di cavarsela da solo. Non aveva mai assunto antidepressivi e tantomeno contemplato di avere a che fare con uno strizzacervelli. E così si sbrigò a correggere leggermente il tiro. «Possiamo provare, però, e io le racconterò quello che posso.»

Il dottor Artaz annuì. «Ha mai visto la serie televisiva *I Soprano*?»

«Certo. Mi è piaciuta molto.»

«Allora ricorderà che Tony – vede, avete quasi lo stesso nome – frequenta una terapeuta. Certo, non sono avvenente come Lorraine Bracco, ma quantomeno posso ascoltarla… Da dove vuole iniziare?»

«Da Lorella.»

TREDICI

E dopo Lorella fu il turno di Isabelle e Désirée: la trinità delle ingrate. Sì, anche Lorella. Non gli aveva dato fiducia, si era rivelata un'opportunista. E in quel gioco quel ruolo toccava a lui, solo a lui.

Allo scoccare dell'ora, Artaz si alzò. Informò Toni che se avesse voluto continuare a incontrarlo la consulenza sarebbe stata conteggiata a parte, e consigliò caldamente l'assunzione del farmaco. «Lo chiamano "la pillola della felicità".»

Il Francese era contento di essersi sfogato: gli aveva fatto bene, benché lo psichiatra si fosse rifiutato di assecondarlo su certe opinioni. D'altronde, che ne poteva sapere, uno come lui, di donne che si vendevano? Era certo comunque che non si sarebbe più rivolto al dottore. Il problema era che si vergognava di essersi confidato a ruota libera con uno sconosciuto. Dalla sua bocca non era uscita una sola parola compromettente, ma si sentiva lo stesso indifeso nei suoi confronti. Nemmeno con gli sbirri gli era mai capitato.

E poi, anche se non poteva esserne sicuro, aveva avuto l'impressione che Artaz non morisse dalla voglia di seguirlo come paziente.

Toni si impose di resistere in attesa che il farmaco facesse effetto, e alla fine si rivelò una scelta vincente. L'ultima settimana di febbraio, quando venne dimesso, stava meglio sotto tutti i punti di vista. E con la testa ora più leggera, il futuro che lo attendeva gli appariva addirittura roseo e promettente. Soprattutto, era sollevato nel constatare che la "chimica" non aveva modificato il suo modo di pensare. Era rimasto quello di sempre: Toni Zanchetta, il Francese. Il pappone a sonagli.

Fu costretto a cambiare di nuovo casa, perché i vicini si erano opposti alla presenza di un pregiudicato a cui organizzavano agguati di fronte al portone d'entrata. L'ex cliente che gestiva un'agenzia immobiliare, e che nel frattempo era riuscito a vendere il suo vecchio appartamento, gli propose l'acquisto di una casetta ristrutturata in un quartiere ben servito, a cinque minuti di monopattino – ormai le distanze si misuravano così – dal centro.

«Così non avrai più tra i piedi il vicinato bigotto e benpensante di questa città. E comunque ti assicuro che si tratta di un ottimo investimento, la rivendi quando vuoi, e in quella zona i prezzi di mercato sono in ripresa.»

Zanchetta si prese il suo tempo prima di passare all'azione. Con le persone con cui veniva in contatto recitava la parte del convalescente che faticava a tornare quello di un tempo. Evitò Isabelle la pazza, ma non riuscì a sfuggire al commissario Ardizzone e al fido Roncelli, che lo onorarono di una visita nella nuova abitazione.

«Non siamo riusciti a scoprire l'identità del misterioso killer che ha attentato alla tua vita» spiegò la poliziotta. «Purtroppo l'organico è carente e i reati aumentano di giorno in giorno. E dovendo decidere se rendere giustizia a un topo di fogna o a un onesto cittadino, capirai bene dove ricade la scelta.»

Toni tentò di rintuzzare, ma senza troppa convinzione. «Se indagate con lo stesso acume investigativo del caso Perin, quei bravi, onesti cittadini dovranno rassegnarsi all'archiviazione.»

I due si scambiarono un'occhiata. «Hai sentito, commissario?» chiese Roncelli. «L'aria di montagna gli ha giovato sul serio, ora riesce perfino a congegnare una battuta sarcastica.»

«Che volete?» tagliò corto il Francese.

«Avvertirti che stiamo collaborando con la guardia di finanza per stanare il tuo gruzzolo guadagnato illegalmente» rispose la Ardizzone. «Isabelle e Valérie ci stanno dando una mano.»

Per la prima volta Toni non riuscì a controllarsi e scoppiò in una grassa risata. «Qui siamo in Veneto, la terra del nero e dei maghi dell'evasione. Non siete nemmeno riusciti a farvi restituire i quattrini dei grandi scandali dopo i processi e le condanne, e pensate di trovare i miei quattro soldi?»

Il Francese attese che arrivasse lunedì per andare a fare visita a Chantal, alla fine di una domenica tormentata e infinita che tentò di rendere più accettabile con una scappata in pasticceria.

Si mise in fila per un vassoio di paste. Quando fu

il suo turno e la commessa giovane e carina gli chiese quanti fossero i commensali, lui si vergognò e a voce alta rispose: «Sei».

«Calcoliamo due a testa?»

«No, almeno tre.»

Più tardi, addentando un bignè allo zabaione che a suo gusto eccedeva di Marsala, rifletté sulla necessità di risolvere il problema della solitudine. Non ne aveva mai sofferto perché la *maison*, anche se fasulla dal punto di vista della concretezza dei sentimenti, era una sorta di famiglia allargata. L'unica soluzione era legarsi a una donna con un bel giro di amici e conoscenti. Lorella, se non si fosse rivelata così stronza, avrebbe potuto essere una buona candidata, anche se rivendicava spazi di autonomia che con il tempo potevano rivelarsi complicati. Per fortuna Toni era più che benestante e poteva permettersi di guardarsi attorno – ma non troppo fuori dal suo vecchio giro: restava pur sempre un ex macrò, professione che dal punto di vista sociale non offriva grandi aperture.

Il giardino che circondava la villetta di Chantal era stato del tutto abbandonato. Era l'unico trascurato di tutta la via: erbacce bruciate dall'inverno spuntavano ovunque, la siepe meritava una bella potatura. I vicini dovevano essere scandalizzati.

Zanchetta fu costretto a suonare il campanello diverse volte prima che la sua ex *mademoiselle* si decidesse ad aprire la porta. Non lo riconobbe.

«Chi sei?» chiese.

Anche lui impiegò un po' a capire se si trattasse proprio di lei. Era diventata il fantasma del personaggio che con tanta pazienza aveva creato. Invecchiata, scialba, una smorfia di dolore e tragedia le devastava il volto.

«Sono Toni.»

«E che cazzo vuoi da me? Non sono più una puttana, non sono più nemmeno una madre, non c'è più nulla da spremere.»

«Forse ti posso aiutare a riavere la bambina.»

Lei piegò la testa di lato come se volesse osservarlo meglio. Sembrava un gufo. «Non prendermi per il culo, ti prego.»

Zanchetta indicò il cancello. «Aprilo e fammi entrare, così ti spiego.»

Dentro, la casa era messa persino peggio che fuori. Puzzava di fumo e di cibo rancido e non veniva pulita da un bel po' – probabilmente dal giorno in cui polizia municipale e servizi sociali si erano presentati per prelevare la bambina. Tutto indicava che Chantal fosse rimasta sola, anche i genitori dovevano averla abbandonata.

Toni si accomodò su un divano dopo aver spostato dallo schienale una gonna sgualcita. «Mi dispiace per quello che ti è successo.»

Lei rimase in piedi. Tremava leggermente. Facile che si rimpinzasse di ansiolitici. «Semën dice che sei stato tu a farmela portare via.»

«Il russo è solo un bastardo» si indignò il Francese. «Se ci fossi stato io a proteggerti non sarebbe mai accaduto nulla, avrei impedito che mettessero le mani su tua figlia. Non sono andato a sistemare tuo marito quando non faceva altro che spillarti quattrini?»

Lei si buttò in ginocchio. «Aiutami, ti scongiuro, farò qualsiasi cosa.»

Zanchetta le accarezzò la testa. «Tu mi fornisci informazioni su Semën e io in cambio ti metto in contatto con la persona giusta.»

«È stato lui a spararti, vero? L'ho sempre pensato» biascicò. «Si era affezionato a me, ero la sua donna, e quando mi sono lasciata andare ed è stato costretto a buttarmi fuori dal giro era proprio dispiaciuto. Lo sai come sono i russi, sentimentali.»

Un'altra carezza. «Eravate proprio una bella coppia» commentò gelido l'ex macrò. «Sì, è stato lui, ma se vuoi tornare a fare la mamma lo devi tradire, altrimenti la tua piccola Samantha la rivedi quando diventa maggiorenne, sempre se non si sarà dimenticata di te.»

La donna cambiò atteggiamento. Era la prima possibilità concreta che vedeva all'orizzonte da quando le avevano strappato la bambina. Si aggrappò ai polsi di Toni per rimettersi in piedi. «Cosa vuoi sapere?»

«Tutto quello che sai sulla banda di Jelena Ristović.»

«E poi manterrai la promessa?»

«Dipende se e quanto mi sarai utile» rispose Zanchetta. «Conosco una psicologa che lavora per il tribunale dei minori. Un pezzo grosso. Capisci quanto vale quello che ti offro in cambio dei tuoi ricordi? Ovviamente dovrai assumerla come perito di parte, dovrai rassegnarti ad aspettare i tempi della burocrazia e trovarti un lavoro, ma alla fine la tua bambina tornerà da te.»

Chantal capitolò, e dopo essersi sfogata con un lungo pianto dimostrò di avere buona memoria anche per i dettagli.

Qualche giorno più tardi Toni ricevette una chiamata dalla strizzacervelli a cui aveva chiesto di segnalare la figlia di Chantal al tribunale dei minori.

«Ha cambiato idea?» chiese, irritata. «In studio mi sono ritrovata la madre della bambina che lei mi ha chiesto di "salvare", insieme al suo avvocato.»

«Non si preoccupi, dottoressa» la tranquillizzò l'ex macrò. «Nessun ripensamento, ma ho bisogno che per un po' di tempo la signora creda che la situazione possa avere un esito positivo. Si faccia pagare profumatamente.»

«Ho capito. In fondo per una relazione approfondita servono sempre almeno due mesi.»

«Sono più che sufficienti.»

L'idea di perdonarla non lo aveva sfiorato: Chantal tradiva come respirava e meritava di pagare ancora. Ma non sarebbe toccato a lui sporcarsi le mani: era certo che in un futuro non troppo lontano se ne sarebbero occupati i suoi nemici.

Da quanto gli aveva confidato Chantal, Semën Dmitriev non girava armato. Quantomeno non con una pistola. Nella tasca posteriore destra dei pantaloni teneva un coltello a serramanico lungo e sottile, con il corpo in madreperla, ma a Toni una lama non aveva mai fatto paura: ne aveva viste a bizzeffe e assaggiate un paio.

E poi contava sul fattore sorpresa. Il russo era un tipo singolare, non si fidava nemmeno della propria organizzazione ed evitava di dormire nella casa che gli era stata assegnata. Pagava di tasca sua l'affitto di un appartamento all'ottavo piano di uno dei pochi grattacieli che poteva vantare la città. Chantal gli aveva spiegato che il suo ex amante disponeva di un posto auto nel garage sotterraneo munito di ascensore. Il Francese, dopo un paio di ricognizioni notturne, aveva deciso che il momento migliore per tendergli un agguato fosse proprio mentre il russo se ne stava lì fermo ad aspettare l'arrivo della cabina. A poco più di un metro di distanza c'era l'entrata di un piccolo deposito, di cui aveva opportunamente forzato la serratura.

La sua ex *mademoiselle* era stata piuttosto chiara sull'ora in cui il russo tornava a casa.

"Non prima delle due del mattino" aveva sentenziato.

Indubbiamente, un orario più che favorevole. Il Francese prima di agire si premurò di verificare la posizione delle telecamere: in quella zona della città, tra uffici, negozi e banche, abbondavano.

Toni controllò l'ora per l'ennesima volta. Era infagottato dalla testa ai piedi in una tuta bianca, molto simile a quelle usate dalla Scientifica. Mancava poco alle due. Pisciò in una bottiglietta di plastica che non scordava mai di portare con sé quando commetteva qualche atto illegale, ritenendo che fosse inutile e stupido regalare prove agli sbirri. In mano stringeva una racchetta da tennis in titanio, che aveva acquistato in contanti in un negozio di catena, mentre il volto era parzialmente celato da cappellino e occhiali da lavoro.

Il russo arrivò alle 2.23. Parcheggiò l'auto e Toni, dallo spiraglio della porta appena socchiusa, lo vide avviarsi stancamente verso un meritato riposo. Non aveva deciso se ammazzarlo o no: ancora una volta si disse che avrebbe deciso il caso.

Semën Dmitriev premette il tasto di chiamata, Zanchetta sgusciò fuori dal nascondiglio e gli diede una racchettata fortissima alla testa. Poi un'altra e un'altra ancora, fino a quando il russo non si afflosciò come un sacco vuoto. Era di spalle, e Toni ansimando lo girò per devastargli la faccia e poi i testicoli. Poco più di un minuto di massacro. L'uomo che gli aveva sparato era irriconoscibile e immobile. In quell'istante Toni si sorprese a pensare di aver vendicato anche Valérie, la stronza ingrata che aveva raccontato tutto quello che sapeva alla Ardizzone.

Riuscendo a mantenere una certa calma, il Francese guadagnò l'uscita e percorse in bicicletta le vie che, almeno nel primo tratto, non erano videosorvegliate. Mentre passava su un ponte ciclabile si sbarazzò della racchetta e della tuta macchiata di sangue. A casa si infilò sotto la doccia e si strofinò fino ad arrossare la pelle. Una volta calata l'adrenalina si accorse di essersi strapazzato il trapezio ancora malmesso, e al primo accenno di dolore si imbottì di antidolorifici.

Poi si sedette sul divano in attesa della visita della Ardizzone, ma dopo un po', complici i farmaci e un paio di bicchieri di cognac, cadde in un sonno profondo.

E fece bene a riposare, perché il commissario e il sovrintendente Roncelli si presentarono poco prima delle dieci del mattino. Il russo era stato ritrovato alle sette e mezzo da un altro inquilino del palazzo, sceso nei garage per prendere la macchina e andare al lavoro. Ma questo, Zanchetta lo venne a sapere più tardi, dai giornali.

«L'hai combinata grossa» esordì il poliziotto. Toni nemmeno lo ascoltava, ormai aveva capito la tattica dei due sbirri. Lui cianciava minaccioso, lei studiava la situazione in attesa di intervenire. Così l'ex macrò iniziò a fissarla per mettere in chiaro che aveva smascherato il giochetto.

«Ridurre in fin di vita lo scagnozzo russo di Jelena Ristović non è stata una mossa furba» commentò la Ardizzone in tono piatto. «Hai voluto vendicarti dell'uomo che ti ha sparato, ma ucciderti per lei è diventato un punto d'onore. Non si può permettere di perdere la faccia. Non è riuscita ad ammazzarti la prima volta, ma la seconda non fallirà.»

«Non so di cosa stai parlando» ribatté sbuffando Zanchetta.

La donna sospirò. «Prima mi occupavo di sbattere in galera altri grandissimi pezzi di merda, ma da quando mi è toccato il caso Perin e sono entrata in contatto con il vostro mondo di papponi e puttane mi sembra di essere sprofondata in una cloaca.»

Toni intuì il tentativo di provocarlo. «E allora perché non ripulisci la città dalla banda della serba?»

«Non riusciamo a dimostrare il reato associativo, l'induzione alla prostituzione» si lasciò sfuggire. «Sappiamo che spacciano, ma abbiamo trovato solo quantità minime in tasca ai clienti.»

«Tu potresti darci una mano, sai parecchie cosette che ci tornerebbero utili» suggerì Roncelli.

«Non so nulla, ormai grazie a voi due sono fuori dal giro» gli fece notare Toni.

«Dov'eri tra le due e le sette del mattino?» chiese la donna.

«Nel mio letto.»

«Puoi provarlo?» lo incalzò il sovrintendente.

«Siete voi che dovete provare il contrario.»

Calò il silenzio per qualche attimo. La Ardizzone si alzò e Toni era convinto che finalmente avrebbero tolto il disturbo, invece lei lo sorprese: «Posso dare un'occhiata a questa "casetta", più adatta forse a una famiglia che a uno come te?».

«Nei film i sospetti chiedono di vedere un mandato, giusto?»

«Voglio solo rendermi conto di come vive un magnaccia. L'altro appartamento che ho visitato non era tuo, era stata la tua amante ad arredarlo, e ora sono curiosa di sapere se hai libri sul comodino, se mangi lo yogurt ai cereali, con quale shampoo ti lavi i capelli. Insomma, mi piacerebbe capire che punti di contatto hai con la razza umana.»

Toni si rivolse al collega: «Portala via».

Roncelli scosse la testa: non ci pensava proprio. Si stava divertendo, lo dimostrava la risata che cercava di trattenere.

«Ho trovato Désirée, al secolo Emilia Cordioli» lo informò la poliziotta. «La *mademoiselle* che ti aveva fatto fesso fuggendo senza pagarti la quota di affrancamento e che avevi fatto credere alle altre di aver punito con la morte.»

«Isabelle ti ha fatto solo perdere tempo con un'altra delle sue fantasie.»

«Invece incontrarla è stato molto istruttivo» continuò la Ardizzone. «Mi sono trovata davanti una donna terrorizzata, ancora oggi, dalla possibilità che tu possa scovarla e farle del male. Con una racchetta da tennis.»

«A proposito: sono stati rintracciati dei frammenti di corda nel cranio di Semën Dmitriev» intervenne Roncelli.

Toni finse di non sentire: era indignato per le dichiarazioni della *mademoiselle* fuggiasca. «Non mi sarei mai permesso di toccarla.»

«Ma per favore, Zanchetta, adesso non recitare la parte del pappone mansueto. Non ne esistono sulla faccia della Terra» lo ammonì la Ardizzone. «Piuttosto, Désirée mi ha raccontato di aver abbandonato la città perché non riusciva più a sopportare la tua ossessione per il personaggio che doveva interpretare, l'anoressica di buona famiglia. Le controllavi il peso, le imponevi una dieta, il look da collegiale, le storielle di abusi famigliari che doveva propinare ai clienti.»

«Ma non diciamo cazzate» si ribellò Zanchetta. «Era già magrissima quando l'ho raccattata.» Quei cazzo di sbirri non sapevano di cosa parlavano. Le anoressiche sono molto ricercate, sul mercato. Quelle sane, ovviamente. Non certo le tossiche, le sieropositive all'ultimo stadio.

«Vuoi sapere perché ha tagliato la corda? Perché aveva capito che tu la stavi trascinando verso un punto di non ritorno e non aveva nessuna voglia di morire. Dopo aver parlato con lei mi sono convinta che sei un mostro.»

Toni si alzò, indicando la porta. «Fuori da casa mia.»

«Comunque ha cambiato vita» aggiunse la Ardizzone. «Ha trovato la forza di salvarsi. Ora ha un marito e due figlie deliziose. La più piccola è bella paffutella.»

Toni rimase con il braccio teso verso l'uscita fino a quando i due sbirri non lasciarono l'appartamento, scio-

rinando il solito repertorio di minacce e promesse belli-
cose. Il Francese poteva accettare i luoghi comuni sulla
professione, ma non di essere insultato in quel modo.

Quando aveva incontrato Désirée era una ragazzi-
na spaurita che si vendeva ai clienti di un bar di paese
perché si odiava. Se la trombavano nei cessi per quattro spiccioli. Lui l'aveva rilevata dalla matrigna, nonché proprietaria del locale, per mille euro, e le aveva
insegnato a vivere. Fosse rimasta al paesello sarebbe
già morta da un pezzo. Era solo un'altra, maledettissi-
ma ingrata. Perché giusto grazie ai suoi insegnamenti
era riuscita a convincere un uomo a sposarla e a forma-
re una famiglia. Altro che mostro. Toni si convinse una
volta di più di essere un onesto uomo d'affari, a tratti
un benefattore. Tutti si riempiono la bocca di paroloni
sul sesso, ma soltanto chi conosce il mondo della prostituzione sa cosa sia realmente: una stanza buia dove
ognuno può soddisfare ogni desiderio, voglia, perver-
sione. Legale o illegale. Tutto è permesso, basta pagare.

In altre occasioni si sarebbe infuriato, faticando a do-
minarsi, invece la pillola della felicità faceva miraco-
li. Non era nemmeno preoccupato quanto avrebbe dovuto per la banda di Jelena Ristović. Facile che la boss
fosse fuori di sé dopo aver perso un luogotenente per
mano di uno che doveva essere morto da un pezzo. La
immaginava mentre ordinava ai suoi scagnozzi di cat-
turarlo e squartarlo, con la mimica e la tragicità delle sceneggiate tanto amate dai criminali dell'Est. E lo
confortava che la Ardizzone fosse così poco preparata
ad affrontare quel tipo di cultura malavitosa. Gli sbirri
ancora non avevano capito che i serbi ragionavano per

schemi prefissati di estrema semplicità: Semën è stato colpito nella sua casa. Semën è stato tradito. Il traditore va individuato, catturato, interrogato, torturato ed eliminato. Di chi si tratta? Risposta troppo facile: Chantal.

I poliziotti avrebbero dovuto prelevarla e portarla in un luogo sicuro, e per Toni sarebbe stato un bel problema, perché l'ex protetta avrebbe raccontato della sua visita, fornendo ai due elementi utili per confermare i sospetti che Toni avesse giocato un set con la faccia e i testicoli del russo.

Per fortuna di rado gli sbirri agivano preventivamente, e comunque nemmeno nella fantasia sarebbero stati in grado di ipotizzare la reazione della banda. Lui sì. Quando fai quel mestiere, la prima regola è conoscere a fondo il mondo criminale che gira intorno alle tue puttane, perché prima o poi qualche fesso tenterà di portartele via. Anche solo per farti un dispetto. I malavitosi sono così: vogliono sempre dimostrare di avercelo più lungo.

Adesso si trattava solo di attendere. Pochi giorni, o addirittura ore. Jelena aveva bisogno di risposte. Quando le avrebbero riferito la verità estorta a Chantal, la vita del Francese non avrebbe più avuto il minimo valore. Come aveva profetizzato Lorella, Toni aveva un obiettivo appiccicato alla schiena. Tanto valeva giocare la partita fino in fondo.

QUATTORDICI

Il Francese dormiva profondamente quando il campanello risuonò in tutta la casa. Decise di non alzarsi. Era riuscito a addormentarsi dopo aver sgarrato con gli antidolorifici: il dolore al trapezio a volte si ridestava e la posologia suggerita dal medico si rivelava insufficiente.

Chiunque fosse alla porta, tuttavia, non sembrava avere alcuna intenzione di rinunciare, e alla fine Toni fu costretto a infilarsi la vestaglia e andare ad aprire. Tanto conosceva già il motivo della visita.

Era l'amico giornalista.

«Stavo dormendo» finse di lamentarsi il padrone di casa. In realtà era ben contento di vederlo, poteva essergli ancora utile.

«Non me ne frega un cazzo» ribatté il cronista. «Non solo è quasi mezzogiorno, ma ora mi rilascerai quell'intervista che mi avevi promesso dopo che ti avevano impiombato e che hai sempre rinviato.»

Toni ciabattò verso la cucina. «Che cos'è successo?»

«Hanno trovato Orietta Avesani, meglio nota come Chantal, legata a una sedia della cucina della sua villetta, con un sacchetto di plastica annodato al collo. Prima però si sono divertiti a farle male.»

Il Francese accese la macchina del caffè. E così, come previsto, Jelena si era vendicata. Aveva mandato i suoi scagnozzi a interrogare l'ex amante di Semën, e quelli dopo averle fatto confessare il tradimento l'avevano punita soffocandola. Metodo piuttosto in voga nella mala serba dedita alla prostituzione.

«Non mi sembri stupito» lo pungolò l'ospite.

«Sono ancora rincoglionito dal sonno» si giustificò Zanchetta affrettandosi a cambiare discorso. «Sbaglio o te l'eri chiavata anche tu?»

«Una volta. Ma non era il mio tipo.»

«Giusto. A te piace Georgette. L'hai più prenotata?»

L'altro si mostrò meravigliato. «Si vede che sei fuori dal giro. Georgette è finita in un camper ai bordi di un locale di lap dance in Friuli. I clienti escono infoiati dal gran dimenarsi di tette e culi a cui hanno assistito e si mettono in fila davanti alla porta. Cinquanta a botta, ti rendi conto? Prima, quando era nella *maison*, costava uno sproposito.»

Toni scosse la testa, ricordando quanto tempo aveva investito per trasformarla in una professionista di livello. Archiviò il pensiero con la stessa velocità con cui era apparso. Georgette non gli era nemmeno particolarmente simpatica. «Vuoi un altro scoop?» domandò, passando alle cose serie.

«Sono qui apposta.»

«Che cosa ne dici di un'intervista all'ex macrò pentito che, senza mezzi termini, accusa le bande dell'Est di aver ucciso Chantal e, prima ancora, di aver tenta-

179

to di assassinare Valérie? Descrivendole come giovani donne venete costrette a prostituirsi – anche se con classe – per affrancarsi da uomini violenti e incapaci? E che alla fine lancia un appello perché questi barbari stranieri vengano cacciati dal nostro bel territorio?»

«Tutto grasso che cola» rispose l'altro, entusiasta. Ma i giornalisti non si accontentano mai, quindi lo incalzò con un'altra richiesta: «E ovviamente attaccherai l'immobilismo della polizia che non protegge abbastanza la città».

«Non esagerare. Quello è compito tuo.»

Il cronista alzò le mani in segno di resa. «D'accordo. Da dove vuoi iniziare?»

«Da Samantha, la bambina di Chantal. L'orfanella.»

«Ottimo, una nota di colore che strappa la lacrimuccia e gonfia il cuore di indignazione» si complimentò il giornalista. «Sembra quasi che tu ti sia preparato questa nuova mossa mediatica.»

Il Francese si schermì. «Voglio solo mettere fine a questa storia di dolore e morte.»

Come gli era capitato altre volte in quegli ultimi mesi, Zanchetta fu il primo cliente di un'edicola. Da una prima e veloce lettura delle due pagine occupate dall'articolo, si accorse subito che erano state apportate modifiche e tagli. Si infilò nel primo bar e si concesse una lettura lenta e ragionata dopo la colazione.

Come venne a sapere più tardi, l'intervista purtroppo non era finita nelle mani del vicedirettore, quello che ai tempi della sua prima, lunga dichiarazione al giornale aveva fatto il Ponzio Pilato, ma direttamente in quelle del direttore, una donna capace e di grande professionalità che si era fatta strada in un mondo di maschi, riuscendo a raggiungere la posizione più ambita in un giornale. Aveva colto le potenzialità del pezzo ma anche le numerose insidie che celava, e per non rischiare la sedia l'aveva riscritto da cima a fondo.

Ora, anche se firmato dal cronista che aveva raccolto le dichiarazioni di Toni, era diventato un vero articolo di costume, con lo scoop su un ruffiano che di fronte alla morte di una sua ex protetta e le gravi condizioni in cui versava un'altra, investita per punizione, si stracciava le vesti, pentendosi e rammaricandosi di aver sfruttato quelle donne e molte altre nel corso di una lunga carriera. Si accennava appena alle accuse rivolte dal Francese contro la banda di Jelena Ristović, che era semplicemente citata come "una delle tante donne boss della criminalità balcanica". Sulla pagina dedicata all'omicidio di Chantal le lodi al difficile lavoro delle forze dell'ordine si sprecavano: donne e uomini, servitori dello Stato, che si immolavano in una battaglia impari, combattuta con armi spuntate contro criminali feroci.

Dal punto di vista umano Toni ne usciva tutto sommato bene: in bocca gli erano state messe parole, a proposito della piccola Samantha, che lui non sarebbe nemmeno riuscito a concepire. Sul piano strategico, però, l'iniziativa mediatica si era rivelata un disastro: il suo obiettivo era forzare la mano agli sbirri e costringerli a spazzare via Jelena, o quantomeno rendere la vita impossibile ai suoi scagnozzi per impedire loro di provare a eliminarlo una seconda volta. Il Francese aveva commesso un errore pensando che la stampa avesse il potere di manovrare gli sbirri come e quando voleva. Non aveva capito che a volte servono concomitanze di eventi e convergenze di interessi per mettere in moto certi meccanismi.

Chiamò il giornalista. «E pensare che volevi farmi parlare male della polizia!» sbottò stizzito. «Sembra più un articolo da rotocalco, di quelli che leggeva mia nonna.»

«Dubito che tu ne abbia avuto una» ribatté l'altro. E poi gli spiegò la questione della direttrice che si era sentita bruciare la sedia sotto le chiappe.

«Ho bisogno di rendere pubbliche le parti censurate» insistette il Francese. «Come posso fare?»

«Non puoi: ormai si sono volatilizzate, nessuna testata ti darà ascolto» rispose. «Però, se ti può consolare, stai riscuotendo un grande successo tra le lettrici. Ti arrivano apprezzamenti imbarazzanti.»

Il giornalista richiamò il giorno dopo con un'altra notizia in anteprima: Semën Dmitriev era passato a miglior vita. Si vantò con Toni di aver scritto un pezzo memorabile su Chantal e il russo, gli amanti "sbagliati" ricongiunti dalla morte dopo una vita trascorsa all'insegna degli eccessi: il sesso e la cocaina.

L'anno prima, aprile aveva fatto registrare temperature inferiori alla media stagionale. Dodici mesi dopo faceva sicuramente meno freddo, ma il giorno dell'anniversario della scomparsa di Claire pioveva esattamente come allora.

Al Francese sembrava addirittura la stessa identica pioggia, mentre la osservava dalla finestra della camera da letto. Maura Mazzoleni lo aveva avvertito che era stata organizzata una commemorazione nel cimitero dove Serena era stata sepolta. Lui non amava i cimiteri. Non era andato a mettere un fiore alla tomba di suo padre e non si sarebbe presentato davanti a quella della sua *mademoiselle* per una bella foto di gruppo con pappone. A sonagli.

Quando aveva scambiato le *mademoiselle* per un alibi, il Francese si era imposto di dimenticarle. Non gli era costato granché. Era già capitato in passato, e poi l'importante era evitare la galera a qualsiasi costo. In fondo si trattava di donne navigate, che conoscevano bene i rischi della professione.

Ogni tanto però si sorprendeva a preoccuparsi per Margaux, la sua preferita. Per qualche istante sentiva la sua mancanza, poi la ricacciava in qualche angolo sperduto della mente.

Aveva incontrato Maria Virginia Granino poco dopo che dall'Abruzzo era arrivata in Veneto. Era stata lei a cercarlo, e gli aveva detto chiaro e tondo di avere una vera vocazione per "fare la vita". Non era vero, però alle spalle di quell'affermazione temeraria c'era una grande determinazione.

Toni non aveva nessuna difficoltà ad ammettere di aver provato per lei un sentimento simile all'affetto – e magari, grattando sotto la superficie, qualcosa di più profondo. Il fatto è che i macrò "amano" tutte le loro protette e lui non aveva voluto approfondire – anche se le aveva sicuramente riservato un trattamento di favore di cui nessuna aveva mai goduto, perché solo lei sapeva farlo ridere. Era irresistibile quando imitava i clienti nel momento in cui godevano.

Preferita o non preferita, il Francese era ormai assolutamente certo di averle detto addio, e così rimase di stucco quando la segretaria dell'avvocato gli recapitò un suo biglietto, raccontandogli che una donna piena di lividi in faccia e con un vistoso occhio nero che gli occhiali da sole non riuscivano del tutto a coprire si era presentata in studio chiedendo la cortesia di trasmettere un suo messaggio al loro assistito Toni Zanchetta.

«Era conciata male. Per questo sono venuta di persona» spiegò la collaboratrice.

"Caro Toni, ti devo parlare. Ho bisogno del tuo aiuto. Non abbandonarmi, ti supplico. Margaux", e in fondo un numero di telefono.

Il Francese strappò il foglietto. "Non sono cazzi miei" pensò. "Non più." Dopo diversi minuti abbandonò quello che stava facendo per riprendere i pezzi dal portacenere in cui li aveva gettati e ricomporre il foglio. Cambiò la SIM del cellulare e compose il numero indicato da Margaux.

«Sono Toni.»

«Sono fuggita» farfugliò la donna tra le lacrime.

Il Francese si pentì di averla chiamata. Ma ormai era troppo tardi. «Dove ti nascondi?»

«In un appartamento di via Franceschi, al 41.»

Toni esitò. C'erano delle frasi in codice che obbligava le sue *mademoiselle* a imparare, in modo da capirsi in segreto in caso di pericolo. Margaux non ne aveva usate. Alla fine Toni si convinse, si infilò le scarpe e una giacca, prese la macchina e si fece la strada sentendo la solita radio locale. Questa volta la sua sexy deejay non c'era, al suo posto due *bauchi* che erano gli unici a ridere delle proprie battute sceme. Parcheggiò vicino all'ingresso del condominio e rimase a osservare l'androne e la strada. Poteva trattarsi di una trappola, magari i serbi l'avevano costretta a scrivere il biglietto e a rispondere alla sua telefonata per poterlo ammazzare con tutta calma.

Dopo una buona oretta si convinse che l'esterno non riservava minacce. Chiamò Margaux.

«Tutto a posto? Posso salire?»

«Terzo piano, interno 7.»

Ancora niente frasi in codice. Certo, poteva non averle usate apposta. Toni evitò l'ascensore e usò le scale. La porta era socchiusa e lui rimase immobile qualche istante prima di decidersi ad aprirla.

L'andito era deserto, così pure il corridoio, su cui si affacciavano diverse stanze. Toni lo percorse a passo veloce, controllando velocemente gli altri locali. In fondo c'era il salotto e appena entrò si rese conto di essere caduto vittima di un agguato, anche se di tipo diverso da quello che si sarebbe potuto aspettare.

Margaux era seduta sul divano. Il volto tumefatto accentuava l'espressione ostile. Alla sua sinistra stava Isabelle e alla destra Valérie, o meglio quello che rimaneva della bella donna che aveva modellato. In piedi, alla finestra, con le mani conserte e un sorrisetto di scherno, c'era la Ardizzone.

Il Francese sbuffò, ammettendo di essersi fatto fregare. «Che cazzo vi siete messe in testa?»

«Siediti» ordinò la poliziotta indicando una poltroncina al centro della stanza.

Lui però non la ascoltò e si inginocchiò davanti a

Margaux. «Mi dispiace» disse allungando la mano per accarezzarle il viso.

Lei reagì schiaffeggiandolo. «Pezzo di merda.»

«Così si fa» si complimentò Isabelle.

Toni non reagì. Continuò a scusarsi, tentando di addossare ogni colpa alla polizia e anche alla monca, che reagì insultandolo fino a quando il commissario non prese in mano la situazione. «Ti ho detto di sederti» disse, afferrandolo per la collottola e obbligandolo ad alzarsi.

«Ti abbiamo convocato» iniziò a spiegare «perché la situazione sta precipitando. Chantal e Dmitriev sono morti, Maria Virginia, come vedi, è fuggita, le altre verranno interrogate senza pietà per sapere dove si è rifugiata.»

«Non capisco» la interruppe Toni indicando le altre. «Parli come se fossi a una riunione in questura, ma l'unica sbirra qua dentro sei tu.»

La Ardizzone sospirò. «Ragazze, perché non andate in cucina a farvi un caffè?»

«Ragazze?» le fece eco lui, esterrefatto.

«Sono costretta a fidarmi di te» disse la poliziotta in tono grave una volta che furono soli. «Sei l'ultima persona al mondo a cui avrei mai pensato di rivolgermi, ma non posso fare altro.»

«Io non voglio che ti fidi di me» ribatté Toni, preoccupato per la piega che stava prendendo il discorso.

«Smettila e ascolta» intimò la poliziotta. «Noi, e con "noi" intendo la polizia, non possiamo toccare la banda di Jelena Ristović perché c'è una spia al suo interno che passa informazioni di fondamentale importanza all'Europol e alla DIA.»

186

«Deve trattarsi di un pezzo grosso…» valutò Toni.

«Laza Dedinac.»

«Il braccio destro della capa?» fece il Francese, onestamente sorpreso.

L'Ardizzone annuì.

Lui indicò con un cenno la cucina. «Hai raccontato anche alle "ragazze" questi segreti da sbirri?»

«No. Solo a te, perché adesso lavori per me.»

«Non ci penso nemmeno.»

«Hai finito con i tuoi giochetti del cazzo. Se non fai quello che dico ti do in pasto ai tizi che gestiscono certe operazioni, e loro ti useranno e poi ti faranno ammazzare.»

Toni continuava a non comprendere. «Che cosa ti è preso? Perché ti comporti così?»

«Non capiresti.»

«E allora prova a spiegarti.»

«E va bene: ognuno fa il mio stesso mestiere come meglio crede. Io sono onesta, non prendo mazzette, non mi giro dall'altra parte, non chiudo un occhio. Ma se devo giustificare la sofferenza delle persone in nome di un non ben identificato "bene superiore"… io non ci sto, perché dietro questi segreti c'è sempre la fregatura: l'ambizione di qualche burocrate con il culo piantato su una comoda poltrona o dell'agente che ha fretta di fare carriera, oppure che è così fesso da credere alle balle di un criminale che per salvarsi il culo s'inventa di poter fornire chissà quali informazioni.»

«Cosa vuoi che sappia uno come Laza Dedinac? Si è sempre occupato di puttane.»

«Ti sbagli. Da quanto ho saputo ha lo zampino anche nel traffico d'armi, e con l'allarme terrorismo che ha la precedenza su ogni altra inchiesta ha immediatamente acquisito una posizione di rilievo. Lo trattano come un principe.»

«Come fai a sapere tutte queste cose?»

La Ardizzone ghignò. «Visto che sono solo un commissario di provincia, intendi?»

«Meglio non avrei saputo dirlo.»

«"Qualcuno" è stato costretto a motivare la scelta di bloccare le indagini sulla banda Ristović.»

«Che tu vuoi smantellare.»

«Con la tua preziosa collaborazione.»

Un'ora più tardi il Francese lasciò il salotto, e passando davanti alla cucina si fermò a salutare Margaux.

«Tu non sai quello che ho dovuto sopportare» gli rinfacciò la donna.

«Lo sa, lo sa» s'intromise Isabelle. «Adesso recita la parte del pentito, ma hai letto le stronzate che ha detto al giornale? Come tutti i magnaccia è senza vergogna.»

«E senza pietà» aggiunse Valérie. «Non è mai venuto a trovarmi in ospedale.»

La Ardizzone gli diede una leggera spinta per invitarlo ad andarsene. Lungo il corridoio, Toni si soffermò a guardare una foto incorniciata appesa alla parete: una giovane donna teneva due bambini per mano.

«L'appartamento è di una collega che in questi giorni è in ferie» si giustificò la poliziotta. «È il miglior rifugio che avevo a disposizione, dopo che Fabrizia mi ha avvertito che Maria Virginia si era rifugiata a casa sua.»

Quando salì in macchina, il Francese si tirò due ceffoni, insultandosi ad alta voce. Ce l'aveva con se stesso per essere caduto in modo così ingenuo nella trappola tesa dalla sbirra con la complicità delle tre donne. Ed era capitato perché non aveva ascoltato il sesto senso dei macrò, che lo aveva scongiurato di non chiamare Margaux.

Per l'ennesima volta si ripeté che con la professione aveva chiuso. Tutti gli errori commessi fin dall'inizio della vicenda provavano in modo inequivocabile che non era più in grado di gestire nemmeno una vecchia puttana in una bettola di paese. Come si usava dire nel giro, aveva perso "il tocco". E quando succedeva bisognava abbassare la saracinesca per non fare una brutta fine.

QUINDICI

Il Francese uscì di casa a metà mattinata, diretto in una provincia vicina. A detta dell'Ardizzone, Jelena aveva stabilito la sua base negli uffici di un'azienda italiana di serramenti che si era guadagnata una cospicua fetta di mercato in Serbia. Gli inquirenti sospettavano che la banda usasse la ditta per riciclare i proventi dei suoi traffici. Sempre secondo le informative della polizia, Jelena non era stata mandata in Italia solo perché conosceva la lingua e se ne intendeva di prostituzione, ma per il suo fiuto negli affari: il suo mandato riguardava anche gli investimenti.

La boss era convinta che gli sbirri non sapessero di quel nascondiglio. Quasi tutte le mattine lasciava la casa dove viveva con un uomo – che non era il marito, rimasto in patria con i figli – e raggiungeva l'azienda dopo giri tortuosi e applicando tutte le regole antipedinamento. In realtà la base era stata scoperta in modo casuale, incrociando i rilevamenti di un numero di cellulare che lei riteneva ancora sicuro. Un ottimo risultato investigativo, raggiunto grazie a un felice concorso tra il caso e un errore della Ristović.

Il Francese si fermò alla guardiola, si presentò e chiese al portiere di parlare con la signora Jelena. L'uomo tergiversò e lo pregò di attendere. Una decina di minuti più tardi arrivò un'impiegata, che lo invitò a seguirla.

«Ammetto di essere sorpresa» disse la boss indicando a Toni dove accomodarsi. Si comportava come se stesse ricevendo un cliente. «Non solo perché mi hai trovato, ma soprattutto per il fegato che dimostri a presentarti qui. Forse ti avevo sottovalutato, mi sembravi un vigliacco senza palle.»

Il Francese avrebbe tanto voluto ribattere che si trattavano di sciocchi pregiudizi nei confronti di una categoria di livello superiore, ma non era entrato in campo nemico per chiacchierare amabilmente, oltretutto con una donna che lo voleva morto. «Sono venuto a trattare» disse.

Jelena aprì un cassetto della scrivania, e al posto della pistola che Zanchetta per un istante temette di veder spuntare tirò fuori un pacchetto di sigarette. «Fumo raramente» ammise la boss. «Di solito quando sono curiosa. Oggi non dovrei esserlo più di tanto, perché scommetto che sei venuto a chiedermi di essere ucciso in fretta. Lo sai che Semën era l'ex marito di una mia povera sorella morta di parto?»

"Ed ecco spiegato il mistero del russo in una banda di serbi" pensò lui. «Non lo sapevo» ammise. «In realtà il pacchetto include anche la mia salvezza, ma si tratta di un affare che conviene più a te che a me.»

La donna accese la sigaretta. «Ti ascolto. Inizia però da quello che chiedi.»

«Oltre a salvare la pelle, rivoglio il mio giro di affari. Le mie *mademoiselle*.»

«E in cambio?»

«Ti svelo il nome di una spia nella tua organizzazione.»

La donna non batté ciglio. Il volto sembrava di marmo. Continuò a fumare con calma, fissando dritto negli occhi il Francese. «Hai detto una cosa vera: il profitto di quest'affare è quasi tutto mio. Ti accontenti delle briciole. Ed è per questo che puzza di fregatura.»

«Tengo alle mie ex protette. Ci sono affezionato.»

«Anche se ora valgono meno? Diciamo che le abbiamo strapazzate un po', incrementando il numero di clienti» disse con un sorriso quasi compiaciuto. «Il fatto è che avevi ragione: noi non siamo adatti a lavorare con quel genere di puttane. Costano tempo e fatica nella gestione e rendono poco. Tu ci guadagnavi perché eri solo.»

"E operavo con tutt'altro stile" ricordò Toni a se stesso prima di incalzarla. «Allora? Concludiamo?»

«Tu mi dici il nome, ma se sei venuto per tentare di fregarmi te la faccio pagare.»

«Più che giusto.»

«Non hai capito... Al momento per me sei già morto, ma se osi sputare sul nome di uno dei miei uomini io ti faccio soffrire a lungo.»

«D'accordo. La crudeltà della mala serba è piuttosto celebre.»

La boss lo fissò ancora per qualche istante, poi gli fece segno di svelare l'identità della spia.

«Laza Dedinac lavora per l'Europol e la DIA.»

Jelena non batté ciglio, il volto si pietrificò e non chiese da dove arrivasse la soffiata. «Avrai presto mie notizie.»

Il Francese si alzò e se ne andò senza salutare.

Il piano della poliziotta si basava su un ragionamento che non lo convinceva: sputtanare la spia per eliminare il veto di investigare sulla banda Ristović, e quindi colpirla duro.

La Ardizzone sembrava troppo ottimista. Non era così semplice disarticolare l'organizzazione. Oltre a poter contare su retrovie organizzate in Serbia, aveva uomini e basi diffusi nel Nordest, oltre a una capacità non comune di cambiare pelle e adeguare le difese al livello d'attacco delle forze dell'ordine.

In più, Toni doveva tener conto che quasi sicuramente Jelena non avrebbe rispettato i patti. Magari gli avrebbe restituito il giro di puttane, ma lo avrebbe fatto uccidere alla prima occasione: non poteva permettersi di lasciare in vita l'uomo che aveva accoppato a colpi di racchetta un fedele luogotenente, nonché ex cognato. Il resto della truppa avrebbe avuto qualcosa da ridire a riguardo, e in quell'ambiente è consigliabile non diventare impopolari.

Il Francese decise di giocare un finale di partita diverso, tenendo all'oscuro la sbirra. Non poteva fidarsi di un'invasata con la testa piena delle classiche idee che portano dritto in galera o al camposanto. Non riusciva a capacitarsi che si fosse fatta convincere dalle teorie di quell'altra svalvolata di Isabelle.

Tornò in via Franceschi, dove aveva appuntamento con la Ardizzone. Per fortuna Margaux era sola: Isabelle aveva accompagnato Valérie a una visita e non avrebbero fatto ritorno prima di metà pomeriggio.

La sua preferita stava cucinando un piatto di pasta e non lo invitò a unirsi. Toni si accomodò su una sedia della cucina.

«Sono contento che tu sia fuggita» disse per rompere il ghiaccio.

«Se fosse stato per te sarei ancora lì con quelle bestie.»

«Sono stato costretto.»

«Non cominciare con queste lagne da pappone» lo interruppe lei, indurendo il tono e stringendo i pugni. «Ci hai fottute senza lasciarci modo di salvarci.»

«Mi dispiace.»

Margaux gli scagliò addosso il mestolo con cui stava girando gli spaghetti. «Vattene!»

Zanchetta si chinò a raccoglierlo e lo appoggiò sul tavolo. «Ti prego di ascoltarmi, vorrei poter rimediare.»

Lei con un balzo gli fu addosso, gli afferrò la faccia con entrambe le mani e lo costrinse a guardare i lividi sul suo viso. «A questi vuoi rimediare?» Si alzò la gonna. «Oppure a tutte le volte che gli uomini di Jelena mi hanno scopata, tanto ero roba loro? Lo sai che sono venuti in negozio mentre facevo provare un paio di scarpe a una signora e davanti a tutti hanno detto di sbrigarmi perché avevo un cliente che mi aspettava?

«Lo hanno fatto apposta per bruciarmi tutti i rapporti che avevo costruito negli anni, lo hanno fatto con tutte, ci hanno trasformate in buchi dove infilare cazzi uno dietro l'altro, e se non obbedivi ti stupravano, ti picchiavano oppure cercavano di ammazzarti, come è successo a Valérie.

«Lo sai che io non ho mai voluto fare sesso con altre donne, e invece mi sono ritrovata a leccare la figa di una tossica giusto per imparare?» Si batté il petto con violenza. «Sono morta qui, e tu vieni a dirmi che ti dispiace?»

«Al passato non c'è rimedio» disse Toni.

«E allora? Che cazzo significa?»

«Vieni con me, ti aiuterò a stare meglio. Devi pensare al futuro.»

«Hai intenzione di farmi interpretare di nuovo quel cazzo di personaggio?»

Il Francese scosse la testa. «Abbiamo chiuso per sempre con la professione. Dobbiamo cambiare vita.»

«Cosa nascondi dietro questa colata di miele che ti esce dalla bocca?»

«La solitudine» rispose Toni con sincerità. «Da te non voglio nulla se non riprovare insieme a ricomporre i pezzi della nostra vita. Potrai andare per la tua strada in qualsiasi momento.»

Margaux spense il gas e scolò la pasta. «Vattene. E non farmelo più ripetere.»

Toni si spostò in salotto ad attendere la Ardizzone. Era molto turbato per il fallimento del suo approccio con Margaux. Si disse che probabilmente non era riuscito a spiegarle che voleva passare dalla vecchia alla nuova vita insieme a una donna che conosceva bene. E che stimava. Non serviva che lei gli raccontasse com'era stato lavorare sotto la Ristović: lui aveva sempre saputo cosa le sarebbe accaduto, perché aveva trattato altre donne nello stesso modo quando lavorava per le organizzazioni. Voltare pagina, buttarsi il passato alle spalle significava affrontare il presente con un grande senso del futuro, lo aveva letto da qualche parte. Così come aveva orecchiato, ascoltando la televisione, che da soli non ce la si fa. Lui si era mostrato disponibile, lei aveva rifiutato. Amen.

La sbirra arrivò una ventina di minuti più tardi e per

prima cosa lo aggredì. «Maria Virginia sta piangendo. Cosa le hai fatto?»

«Nulla. Avevo solo buoni propositi.»

«Quelli come te non sanno nemmeno cosa siano. Lasciala stare.»

Zanchetta alzò le mani in segno di resa e le raccontò l'esito dell'incontro con Jelena Ristović. La Ardizzone lo incalzò con richieste continue di puntualizzazioni e dettagli, ma alla fine parve soddisfatta.

«Ora vediamo che succede. Non ci resta che aspettare.»

«Che Jelena faccia ammazzare Laza. Davvero insolito, per uno sbirro, non vedere l'ora che venga commesso un omicidio.»

«Taci, Zanchetta» intimò il commissario.

«Stai facendo un gioco pericoloso, e credo che tu non abbia calcolato gli eventuali effetti collaterali» continuò il Francese. «Come pensi che farà la boss a scoprire se il suo luogotenente è una spia? Glielo chiederà. Non ha altri modi a disposizione. La mala serba conosce metodi sopraffini per far parlare le persone, e la spia alla fine rivelerà anche i suoi contatti, che verranno eliminati nel giro di pochissimo tempo. Tu potresti salvarli, ma l'idea nemmeno ti sfiora, perché equivarrebbe a una confessione.»

La Ardizzone replicò con un sorriso amaro. «Chi di bene superiore ferisce, di bene superiore perisce.»

In quel momento Toni capì. «Tu facevi parte di quel giro, vero? Sbirri in missione, mescolati alle barbe finte che stringono accordi con il più stronzo dei boss per portare a casa qualche risultato utile alla carriera.»

La poliziotta si alzò e si chiuse in cucina con Margaux. Lui scivolò fuori dall'appartamento con l'inquietante consapevolezza di essere l'ultima delle pedine: la più sacrificabile.

Attese la notte riflettendo sul da farsi. Tempo perso. Non aveva alternative. Parcheggiò a una quindicina di minuti a piedi dal ristorante in cui avrebbe trovato Taulant Kasapi.

Il vecchio malavitoso albanese era sorpreso. «Non credevo di rivederti così presto.»

«Ho bisogno di un consiglio urgente.»

L'uomo fece segno a Bledar, la sua ombra, di servire da bere e si mise comodo ad ascoltare.

«Come sai, ho barattato con Jelena Ristović il mio giro di puttane in cambio di un alibi. Successivamente si sono creati dei problemi: hanno tentato di uccidermi, mi sono vendicato e una delle mie ex protette è stata uccisa.»

«So tutto, vai al punto» lo sollecitò l'albanese.

«In questa vicenda non siamo gli unici ad avere interessi.»

«Gli sbirri?»

«Europol e DIA» confermò Toni. «Che sono schierati con i serbi perché devono proteggere una spia. Alcune fonti dicono che si tratti di Laza Dedinac, altre della stessa Jelena.»

«E queste fonti chi sarebbero in realtà?»

«Altri sbirri. Una è la Ardizzone, che da quanto ho capito arriva dall'ambiente delle barbe finte.»

Taulant annuì. «Nel frattempo mi sono informato meglio, si occupava di contrabbando lungo il confine tra

Serbia e Kosovo. Le bande e le mafie non si combattono più tra loro, pensano agli affari.»

«Dice che gli infami spifferano sul traffico di "ferri".»

«Spiegati meglio.»

«La Ardizzone sostiene che stanno collaborando a un'operazione di contrasto all'importazione di armi dall'Est.»

«E per quale motivo l'avrebbe raccontato?»

«Pretende che la aiuti a smascherarli per avere mano libera contro la banda. Il suo proposito è liberare le puttane.»

«E tu ci credi?»

Zanchetta alzò le spalle. «Non lo so. Per questo sono venuto a chiedere un consiglio.»

Il vecchio boss si sporse in avanti: i loro volti quasi si toccavano. «Lo sai che nel momento in cui mi fornisci queste informazioni mi costringi a mettere in allarme tutto il giro d'affari che conosco?»

Il Francese si concentrò per essere credibile: Taulant era bravo ad annusare le menzogne. «No, ti giuro che sono venuto qui per farmi consigliare su come tenere lontano la poliziotta.»

«Lo spero, Toni. Mi hai messo in una situazione delicata, e se non mi hai raccontato la verità rischiamo di andarci di mezzo tutti.»

Poi il vecchio si alzò e lasciò la stanza. Bledar, con un cenno del capo, gli fece capire che era arrivato il momento di togliere il disturbo.

Il Francese camminò lungo strade buie e deserte, tentando di capire se era stata davvero una buona idea mettere in mezzo il vecchio boss. A differenza di quello che aveva affermato, era perfettamente consapevole di aver costretto l'albanese a informare gli altri trafficanti d'armi della possibile presenza di una o due spie. Le organizzazioni ora si attenevano a criteri aziendali, i rami secchi andavano tagliati e nel dubbio non si perdeva tempo a disquisire sulle responsabilità di ognuno.

Quando salì in auto la tentazione di fuggire lontano era fortissima, ma si impose di resistere. Era solo questione di tempo e poi avrebbe scoperto se la sua strategia era stata un successo o un fallimento.

Nei due giorni successivi non accadde nulla. Al terzo si presentò Margaux.

«Guai a te se mi chiami Margaux» avvertì, ferma sulla soglia. «Mi chiamo Maria Virginia e, dato che è un nome troppo lungo, Maria basta e avanza. Non Mary, che di nomignoli non ne posso più. E da me non aspettarti nulla: sono venuta perché non ho un posto dove andare, la collega di Franca torna domani.»

"Franca". Adesso era pappa e ciccia con la sbirra. Magari con la monca e la sciancata andavano a mangiare la pizza il venerdì sera.

Maria entrò e fece il giro della casa. Delle due camere da letto disponibili al piano superiore scelse la più grande e si chiuse dentro a doppia mandata.

Riapparve a metà pomeriggio. «Ho fame» bofonchiò, aprendo frigo e dispensa. Toni nel frattempo si era precipitato a fare una spesa principesca. «In questa casa non c'è nulla per ascoltare la musica, e poi non c'è nemmeno un tablet, un computer» si lamentò lei mentre sceglieva affettati e formaggi. «L'hai capito che sono dovuta scappare dall'auto di un cliente e non ho potuto prendere nulla con me?»

«Provvedo subito.»

«Bravo, provvedi.»

Il Francese indicò una fetta di toma d'alpeggio sul piatto che stava preparando. «Questo viene da un'azienda biologica di cui sono diventato socio.»

Lei gli rivolse un'occhiata sbalordita. «Tu? Non ci posso credere.»

«Nelle montagne piemontesi. Un posto bellissimo, magari un giorno ti ci porto.»

Lei finse di non aver sentito, scelse del vino rosso e ritornò nella sua camera. Toni pensò che non essere stato insultato poteva già considerarsi un piccolo successo.

Al quarto giorno venne convocato da Taulant Kasapi. Bledar gli diede appuntamento davanti a un negozio di vernici nella prima periferia.

Quando Zanchetta arrivò, l'albanese gli fece segno di salire in auto. Viaggiarono per una buona mezz'oretta, fino a un piccolo capannone abbandonato in fondo a una lunga strada di campagna. L'ex macrò pensava di conoscere a menadito la provincia, ma quel luogo era veramente sperduto.

Bledar era rimasto in silenzio durante tutto il tragitto e quando gli ordinò di entrare nel capannone, camminando davanti a lui, si sentì morire. Evidentemente, il vecchio boss aveva capito di essere stato ingannato e aveva deciso di punirlo.

L'interno era vuoto. Proprio al centro, Taulant fumava parlando con una donna legata a una sedia. Era

Jelena. Era stata torturata. Dalle labbra spaccate colavano bava e sangue, ma la serba aveva la forza di biascicare. Per terra c'erano ovunque impronte di scarpe. Fino a poco prima, lì doveva esserci stato il gotha delle organizzazioni criminali balcaniche del Nord Italia.

«Questa donna era innocente» disse l'albanese. «L'hai accusata ingiustamente perché volevi che qualcun altro la eliminasse al posto tuo.»

«Avevo ragione, è solo un vigliacco» intervenne Jelena. Il filo di voce era appena udibile.

«Mi avrebbe fatto uccidere» ammise il Francese.

«Ma tu non avevi nessun diritto di mentirmi.»

«Ho giocato le mie carte» sospirò il Francese. «E ora cos'hai intenzione di fare?»

«Non ti ammazzo in nome dei vecchi tempi, ma non attraversare mai più la mia strada» rispose Taulant in tono piatto. «Tu invece ucciderai Jelena e farai sparire il cadavere. Non voglio sporcarmi le mani con questo delitto inutile e ingiusto.»

Toni guardò i due albanesi uscire e partire in auto. Era solo, nel profondo nulla della campagna veneta, con una donna da uccidere. A mani nude. Tutt'attorno non c'era l'ombra di un oggetto qualsiasi che potesse trasformarsi in un'arma improvvisata.

Jelena Ristović riuscì a ridacchiare. «Ti toccherà faticare, pappone a sonagli.»

SEDICI

Un anno dopo

Il Francese uscì dalla stazione di Milano e si diresse a passo spedito verso un hotel nelle vicinanze. Era la terza volta che gli davano appuntamento al bar del piano terra, e la seconda in cui arrivava leggermente in ritardo. I treni ad alta velocità non erano puntuali come prometteva la pubblicità.

Il solito scagnozzo lo attendeva all'entrata, lo salutò con un cenno del capo e gli indicò la direzione. Sempre gli stessi gesti. E sempre la stessa persona ad attenderlo, un'avvenente quarantenne asiatica. Sosteneva di essere anglo-cinese, ma in realtà era nata in Malesia, figlia di una donna del posto e di un diplomatico danese che l'aveva portata con sé quando era tornato in patria. Buone scuole, ottima università negli States. Non si capiva perché Michelle Yeoh Lund – questo il suo vero nome – lavorasse per un'organizzazione con ramificazioni internazionali dedita alla tratta. Nemmeno Toni si era presentato con il suo vero nome, nel mondo degli affari si faceva chiamare Mario Fabbri.

La donna lo accolse con un sorriso. Ai suoi piedi c'erano diverse buste con i loghi di negozi di moda esclusivi. «Come si fa a venire a Milano e non regalarsi delle cose belle? Io adoro questa città» disse in un italiano piuttosto stentato, condito con qualche parola d'inglese.

A Zanchetta Milano piaceva un po' meno. Preferiva Torino, dove si era ormai stabilito. Ordinò un Chinotto: a quell'ora del pomeriggio non sapeva mai cosa bere.

«Si può fare?» chiese la donna.

«Sì. Ma la proposta economica che mi avete fatto è insufficiente.»

«Ok. Discutiamone.»

La Lund cercava minorenni siriane, afghane o comunque con quel tipo di caratteristiche somatiche che transitassero lungo la Balkan Route dei migranti. Bambine e ragazzine tra i dieci e i quattordici anni che potessero sparire senza lasciare traccia e nel disinteresse delle forze dell'ordine. Il Francese doveva occuparsi di identificarle lungo il cammino e "aiutarle" a raggiungere il confine italiano, dove sarebbero state prelevate e portate in un luogo di smistamento prima di essere trasferite in Oriente. Michelle ne aveva "ordinate" trenta.

La storia puzzava. Zanchetta non credeva alla destinazione finale: era convinto che, una volta consegnate, non si sarebbero allontanate dall'Europa. Probabilmente le inchieste e i continui arresti nell'ambiente della pedofilia avevano determinato la richiesta di merce non tracciabile. Ma era solo un'ipotesi, e in ogni caso non erano fatti suoi. Non vedeva l'ora di chiudere l'affare: trattare con la malese si era rivelato estenuante.

Anche quel giorno finse di non riuscire a comprendere la necessità di fondi per corrompere la polizia croata e macedone.

«Sono spese che dovete sostenere voi» disse.

«D'accordo» ribatté il Francese, «però in questo caso il prezzo per unità raddoppia.»

«Così diventano troppo care, noi non guadagniamo quasi nulla.»

Era una falsità, ma il Francese non poteva dirlo apertamente. «Siete interessati solo a comprare o anche a vendere?» chiese, stanco di quel botta e risposta.

Alla Lund brillarono gli occhi. «Cosa ti interessa?»

«La fascia dai diciotto ai venticinque anni» rispose. «Non professioniste consumate, e tantomeno malate o tossiche.»

«Ho capito: puttane per europei. Le più costose.»

Zanchetta prese il cellulare e le mostrò alcune foto di belle ragazze. «Sono laotiane» spiegò. «Mi interessa questo standard.»

Lei rispose con alcuni ritratti della sua galleria fotografica. «Per noi è più semplice aprire un canale con il Myanmar, ora tante ragazze sono disposte a lasciare il Paese.»

«Carine» commentò lui, senza rendere minimamente giustizia alle donne ritratte. «Quanto costano?»

«Un affare alla volta» lo richiamò all'ordine la malese. «Ora cerchiamo di definire il quadro economico dell'operazione.»

Toni lasciò l'hotel che era quasi buio. Iniziò a camminare verso il centro fino a quando non venne affiancato da un furgone e il portellone laterale si spalancò per farlo salire.

La Ardizzone indossava un paio di cuffie e stava prendendo appunti, scrivendo nervosamente su un blocco.

Tobia Gallani, il suo nuovo partner, sbuffò. «Ma quanto rompicazzo è la Lund? Così non finiremo mai.»

«Se accetto le sue condizioni, capisce che la voglio fregare» ribatté Toni. «È una tecnica per verificare se si può fidare di me.»

Il contatto con la Lund e con l'organizzazione per cui lavorava era stato un "dono" di Jelena Ristović per ringraziarli di averla salvata. Il Francese, invece di obbedire a Taulant, aveva allertato il commissario, che prima di chiamare i soccorsi e addirittura prima di slegarla aveva preteso di concludere un accordo con la boss. In quel momento Toni aveva avuto la prova che davvero la Ardizzone divideva l'umanità in due, gli onesti e i criminali – e con questi ultimi non mostrava pietà. Dopo erano arrivati degli strani tizi con un medico, ma Toni altro non sapeva, perché era stato riportato sulla provinciale e abbandonato a una fermata dell'autobus.

«Ci faremo vivi» aveva detto l'uomo al volante, «nel frattempo tieni la bocca chiusa.»

Nei giorni seguenti la banda serba era stata sgominata in tutto il Nordest e le "ragazze" liberate insieme a molte altre con una serie di operazioni che avevano beneficiato di un'imponente copertura mediatica a livello locale e nazionale.

L'avvocato lo aveva poi contattato per comunicargli finalmente una buona notizia, cioè che tutti i procedimenti per sfruttamento della prostituzione erano stati "improvvisamente" archiviati.

«Se hai stretto qualche accordo con la polizia o con la magistratura mi devi informare.»

«Sono sorpreso quanto te» aveva detto Toni. Ed era sincero.

«Non hai più nessun motivo per rimanere in Veneto» era stato il consiglio del legale al momento di saldare la parcella.

Aveva ragione. Isabelle e Valérie avevano rimesso in piedi la *maison* ma seguendo le loro regole da *sex workers*, vendevano solo sesso e non il proprio corpo. Si sentivano protette anche dalla benevolenza del sovrintendente capo Roncelli, che aveva iniziato a frequentare, seppur con grande discrezione, la casa di Isabelle. La sua ex protetta aveva visto giusto: piaceva allo sbirro anche se monca e matta.

Solo Margaux non aveva accettato la proposta. Stava bene a casa di Toni, e lui gliel'aveva regalata prima di partire per Torino.

«Non credere che valga il perdono» aveva chiarito la ragazza di fronte al notaio.

«Non importa più» aveva ribattuto il Francese. Poi, usciti dallo studio, le aveva chiesto: «Hai chiuso con la professione?».

«Sì. Ho intenzione di vendere scarpe per il resto della mia vita.»

«Hai abbastanza quattrini per aprire un negozio tutto tuo.»

«Troppe responsabilità. Mi accontento del ruolo di commessa.»

Toni era partito in treno con un trolley. Tutto il resto lo aveva venduto o regalato, convinto che fosse il modo giusto per ricominciare da un'altra parte tenendo a bada il passato.

Giusto il tempo di iniziare a inserirsi in qualche altro affaruccio ed era riapparsa la Ardizzone.

«Andiamo a fare un giro» aveva detto, prima di costringerlo a salire in auto. Alla fine di un viaggio in cui la sbirra non aveva smesso di tartassarlo di domande sulle sue nuove attività erano arrivati a Milano, in un appartamento dove erano attesi da Gallani e da un altro paio di tizi. Una parete era ricoperta dalla solita esposizione fotografica di sospetti e ricercati.

«Jelena è una preziosa collaboratrice. Per fortuna non l'hai ammazzata» aveva commentato la Ardizzone.

«Non lo avrei mai fatto.»

«Lei afferma che non avevi nulla di utile sottomano e nemmeno le palle per finirla a mani nude.»

«Mi odia. Direbbe qualsiasi stronzata per mettermi in cattiva luce» aveva ribattuto il Francese. «Piuttosto, che cosa ci faccio qui, in questo covo di sbirri?»

«Sei diventato il nostro infiltrato preferito.»

«Voi siete pazzi…»

«Non credo che tu abbia altra scelta.»

«Solo per questa volta, poi vi dimenticate di me.»

La Ardizzone aveva alzato la mano destra. «Lo giuro» aveva detto, con troppa solennità per essere credibile.

Toni sapeva che lo avrebbe usato e spremuto fino a quando le sarebbe stato utile, e poi lo avrebbe ringraziato con un calcio in culo. Smarcarsi era possibile, ora che tutti i conti rimasti in sospeso con la giustizia erano stati condonati, ma lui continuava a stare al gioco perché gli permetteva un distacco meno traumatico dal suo mondo.

O almeno, questo era quello che si raccontava. In

realtà non lo sapeva bene nemmeno lui, perché non aveva ancora detto *au revoir* alla sbirra. Forse perché occuparsi di affari di basso e medio livello a Torino non era granché appagante, mentre lo era eccome fingersi qualcun altro e recitare a soggetto. Oltretutto si era rivelato un ottimo attore, probabilmente grazie alla lunga esperienza nell'ingannare e manipolare il prossimo.

Il rapporto con la Ardizzone in parte si era modificato. La poliziotta era rimasta colpita dal fatto che il Francese non avesse ucciso Jelena e che, al contrario, gliela avesse offerta su un piatto d'argento. Un dono che lei aveva abilmente sfruttato per sistemare alcune questioni legate alla sua carriera e al passato, e che le aveva garantito un nuovo incarico.

Al Francese, collaborare con gli sbirri contro l'ambiente in cui aveva operato per tanti anni non creava alcun problema. Non si sentiva un infame. In fondo un macrò pensa solo a se stesso, e lui quello era rimasto: anche se non gestiva più un gruppo di donne che si vendevano, l'approccio alla vita e al prossimo non era cambiato. L'Ardizzone non perdeva occasione di ricordarglielo, anche se con un tono più benevolo: «Sei proprio una brutta persona e lo resterai per sempre».

Toni era in pace con se stesso. La scomparsa di Claire e tutto quello che era accaduto dopo lo avevano costretto a fare i conti con tanti aspetti dell'esistenza. E poi c'era la "santa" fluoxetina, la pillola della felicità. Un medico gli aveva consigliato di ridurre le dosi, ma lui non ci pensava proprio.

La radio gracchiò e una voce femminile comunicò

che la malese era seduta al bar di un altro hotel. Una decina di minuti più tardi il furgone parcheggiò vicino all'albergo, la Ardizzone si pettinò e si passò sulle labbra un bel rossetto. Con il nuovo incarico stava cambiando look, Toni lo aveva notato ma aveva evitato di commentare. Gallani gli aveva confidato che la Ardizzone era una solitaria. Era stata sposata con un collega per breve tempo e poi non risultavano esserci state altre relazioni. Una notizia che lo aveva intrigato al punto da accarezzare il pensiero di provarci. Un tempo non avrebbe mai preso in considerazione l'idea di andare a letto con una sbirra, ma ora era diverso: era diventato una brava persona.

Qualche minuto più tardi la telecamera che il commissario nascondeva in un fermaglio iniziò a trasmettere. Si vedeva chiaramente la Lund parlare con un tizio sulla quarantina. Minuto, biondo, vestito con un gusto discutibile anche se con un abito costoso che lo rendeva anonimo.

«Non è italiano» azzardò Toni. «Sembrerebbe tedesco, o comunque del Nord Europa.»

Gallani non rispose, teneva lo sguardo fisso sullo schermo. Sembrava avesse visto un fantasma. Risuonò la voce della Ardizzone, ridotta a un sussurro. «Chiama i rinforzi, Tobia. Abbiamo preso Erling Hauge.»

«Forse è meglio attendere che la Lund si allontani.»

«No, la lasciamo fuggire, fingiamo di braccarla, magari va a chiedere aiuto a Zanchetta, se è a corto di appoggi in zona.»

Toni seguì l'arresto in diretta. Hauge era un norvegese implicato in un traffico di minorenni dall'Estre-

mo Oriente, era ricercato da anni e più di un governo
si sarebbe battuto per l'estradizione.

La trafficante malese si fece viva qualche ora più tardi. «Ho bisogno di aiuto.»

«Mi spiace» rispose il Francese. «Dubito però di po-
terti essere utile.»

«Devo uscire dall'Italia.»

«Capisco, ma non vedo il mio tornaconto…»

«Posso pagare.»

«A condividere i rischi sono solo i soci, e al momento noi non lo siamo.»

La Lund si arrese. «Possiamo rivedere subito i termini del nostro accordo.»

Zanchetta le diede un appuntamento di fronte a un
ristorante indiano, riattaccò e si rivolse alla Ardizzone:
«E adesso dove la porto?».

«Ti forniamo un appartamento microfonato.»

«E poi?»

«Cerca di farla parlare. E speriamo di avere fortuna, di intercettarla quando si mette in contatto con
l'organizzazione.»

«E poi?»

«Qual è il problema, Zanchetta?»

«Non voglio avere a che fare con il traffico di bambini.»

«Questa è grossa: il pappone a sonagli rivendica una
sua morale.»

«Se hai intenzione di insultarmi, tolgo il disturbo.»

La poliziotta annuì. «Devi avere pazienza un paio di
giorni, il tempo di capire se qualche governo è interessato a venirsela a prendere.»

«Non sembra legale...»

«Nulla in confronto ai crimini che hai commesso tu» puntualizzò il commissario.

«Una volta spedita la malese, però, me ne torno a Torino a curare i miei affari.»

«Fino a quando non avrò bisogno di te, Zanchetta. È inutile che te lo ripeta: sei il mio infiltrato preferito.»